D1731449

Kennwort: coole Ratte

Thomas Jeier

Der Catcher von Chicago

Ueberreuter

Die Deutsche Bibliothek – CIP-Einheitsaufnahme

Jeier, Thomas:
Der Catcher von Chicago / Thomas Jeier. –
Wien : Ueberreuter, 1998
(Kennwort: coole Ratte)
ISBN 3-8000-2548-5

J 2362/1
Umschlaggestaltung Hölle & Pitule Design Agentur, München
Copyright © 1998 by Verlag Carl Ueberreuter, Wien
Druck: Ueberreuter Print
1 3 5 7 6 4 2

Inhalt

Kommt ein Jogurt geflogen

Große Panik auf der *Titanic*. Der Luxus-
dampfer hat einen Eisberg gerammt,
bricht auseinander und geht unter. Eine
unsichtbare Kraft zieht das Schiff in die
Tiefe. Die elfjährige Nicki hängt an der
Reling und wird von dem gewaltigen
Sog nach unten gerissen. Das eisige Wasser raubt ihr
den Atem und sie bekommt keine Luft mehr. Verzweifelt klammert sie sich an das Geländer. Jetzt ist
alles vorbei, denkt sie, ich muss ertrinken!

Der Klang einer Schiffsglocke reißt sie aus dem
Schlaf. Sie fährt hoch und blickt verstört in die Dunkelheit. Heftiger Regen schlägt gegen ihr Zimmerfenster. Es dauert eine Weile, bis sie begreift, dass
alles nur ein Traum war. Erleichtert steigt sie aus dem
Bett und blickt in den großen Hof hinunter. Schemenhaft heben sich die Mauern von Schloss Augustusburg gegen den Regen ab. Das trübe Licht der
Lampen verbreitet einen geheimnisvollen Schein.

»Sauwetter«, schimpft sie müde, »und das am
ersten Ferientag!« Sie beobachtet, wie loser Abfall
vom Wind über das Kopfsteinpflaster getrieben wird,
und kneift ungläubig die Augen zusammen. Neben
dem Südtor ist eine dunkle Gestalt zu sehen.

Ein Spaziergänger? Mitten in der Nacht und bei
dem Wetter? Das kann sie nicht glauben. Sie schaut
genauer hin und sieht, wie der Schatten in der Dunkelheit verschwindet. Nicki zuckt mit den Schultern.

»Ich seh schon Gespenster«, schimpft sie, »das kommt alles nur von diesem blöden Traum! Ich glaub, ich geh besser wieder schlafen!«

»Hallo, Schwester«, kommt es aus dem Computer, »du bist aber gar nicht gut drauf! Sag bloß, du hast wieder schlecht geträumt?«

»Von der *Titanic*«, bestätigt das Mädchen. »Dabei hab ich den Film nur fünfmal gesehen!«

»Mach's wie ich«, erwidert die Stimme, »ich hab mich auf einem Traumschiff in die Karibik verzogen! Wenn du willst, bring ich dir die runden Dinger mit, die so herrlich auf der Zunge zergehen.«

»Kaviar?«

»Chocolate Chips«, verbessert die Stimme kichernd, »die supercoolen Schokosplitter, die sie neuerdings ins Vanilleeis streuen!«

Spätestens jetzt weiß Nicki, wer sich in ihrem Computer verkrochen hat. Die coole Ratte! Chip ist die erste digitale Ratte der Welt und kurvt seit einiger Zeit über den Bildschirm. Er ist einer ihrer besten Freunde. Er kommt in jeden Stromkreis hinein und fegt am liebsten durch die langen Werbepausen, stibitzt hier einen fetten Schokoriegel und dort eine kühle Cola.

»He, Chip!«, wundert Nicki sich. »Wo steckst du denn?«

»*Captain* Chip«, erwidert die coole Ratte hochnäsig. »Verjag den Sandmann aus deinen Augen, dann siehst du, dass ich befördert worden bin! Captain Chip von der Christlichen Seefahrt! Ich schippere gerade in einem weißen Superkahn an den Bahamas vorbei!«

Nicki reibt sich den Schlaf aus den Augen und

bemerkt, dass Chip heute ganz anders aussieht. Er hat zwar wie üblich die roten Bermudas und die trendigen Turnschuhe mit den Streifen an und auch die fetzige Sonnenbrille thront auf seiner Nase, aber die rote Baseballmütze und das gelbe T-Shirt sind verschwunden. Stattdessen trägt die coole Ratte eine dunkelblaue Uniformjacke mit goldenen Knöpfen und eine weiße Schirmmütze mit Goldrand und sieht in dieser Verkleidung aus wie der Captain eines Traumschiffs. »Captain Chip, ich werd verrückt«, staunt das Mädchen.

»Aye, Schwester«, salutiert die Ratte mit zitternden Schnurrhaaren. Sie lehnt an der Reling eines weißen Kreuzfahrtdampfers.

»Und wo kommt das Schiff her? Hast du die *Titanic* gehoben?«

Chip meckert wie ein Ziegenbock. »Den lecken Eimer? Wo denkst du hin? Dieses perlweiße Zuckerstück ist der Stolz der karibischen Traumschifffflotte. Die *MS Hibiscus,* schon mal gehört?«

»Das größte Kreuzfahrtsschiff der Welt?«

»Du sagst es, Schwester«, bestätigt Chip stolz, »ab Oktober tuckert sie kreuz und quer durch die Karibik. Sie drehen einen Werbefilm mit dem Luxuskahn und ich hab mich übers Internet auf das Schiff gebeamt. Ein kaltes Büffet haben die hier, also ...«

Nicki setzt sich auf den Bettrand und blickt der Ratte vorwurfsvoll in die Augen. »He, weißt du eigentlich, wie spät es ist?«

»Neunzehn Uhr zwei«, meint Chip mit einem Blick auf seine goldene Kapitänsuhr, »aber in der Karibik bleibt es lange hell!«

»Ich mein doch hier, in Augustusburg!«

9

»Uuuups!«, entschuldigt sich die Ratte.

Nicki wohnt auf Schloss Augustusburg, dem ehemaligen Jagdschloss eines sächsischen Kurfürsten in der Nähe von Chemnitz. Ihre Mutter führt den *Burgfried,* ein italienisches Restaurant. Ihr Vater arbeitet in einem großen Hotel in Dresden, lässt sich aber kaum zu Hause blicken. Bevor sie ins Erzgebirge gekommen sind, haben sie in Wien und Paris gelebt, aber Nicki will nie wieder umziehen, schon wegen der vier Freunde, die sie hier gefunden hat. Auch Markus, Mandy, Fabian und Serkan wohnen auf dem Schloss.

»Aber soll ich dich etwa schlafen lassen, wenn du Alpträume von der *Titanic* hast? Du hast SOS gefunkt, Schwester! Du hast nach mir gerufen! Wenn ich dich nicht geweckt hätte, wärst du untergegangen!«

»Ich wäre höchstens aus dem Bett gefallen«, gibt Nicki grinsend zu. »Pass auf, dass dein neues Traumschiff nicht absäuft!«

»Die *MS Hibiscus*?« Wieder dieses meckernde Lachen, das zu einem von Chips Markenzeichen geworden ist. »Die süße Blume der Karibik? Eher fällt die *Air Force One* vom Himmel, das Flugzeug des amerikanischen Präsidenten! Die *MS Hibiscus* ist unsinkbar, Schwester!«

»Das haben sie von der *Titanic* auch gesagt!«

»Jetzt steht Captain Chip auf der Brücke«, kontert er. »Na, schön, da gibt's noch diesen anderen Captain, der ständig seine gepuderte Nase in die Kamera hält, aber der hat keine Ahnung von Computern. Schon mal gesehen, wie's auf der Brücke eines solchen Dampfers aussieht? Allerfeinste Elektronik bis zum Abwinken und ich kenne jeden Winkel in den piepsenden Automaten!«

»Und wo schippert ihr so rum?«, fragt Nicki neugierig.

»Bahamas, Jamaica, Puerto Rico ...«, zählt die Ratte lächelnd auf, »die Karibik rauf und runter! Palmen an jeder Ecke, ein Meer wie im Bilderbuch und am Strand gibt's kühle Kokosdrinks!«

»Hast du kein Heimweh?«

»Heimweh?« Chip wischt sich über seine Schnurrhaare. »Nach dem grauen Himmel und dem kalten Regen? Mir graut jetzt schon davor! Was läuft denn so in Augustusburg? Hast du vielleicht wieder mal 'ne Eins in Mathe bekommen?«

»Hör mir bloß mit der Schule auf«, erwidert Nicki genervt, »wir haben gerade Pfingstferien. Nur ein paar Tage, aber immerhin!«

»Pfingsten? Da läuft doch immer was auf dem Schlosshof!«

Nicki nimmt einen Schluck aus der Wasserflasche, die neben ihrem Bett steht. »Dieses Jahr veranstalten sie ein großes Catchturnier! Du weißt schon, diese superstarken Typen, die im Fernsehen den ganzen Abend aufeinander eindreschen!«

»Erzähl mir nichts«, erwidert Chip, »die Schlappschwänze schau ich mir schon 'ne ganze Weile an. Die haben doch nur Fett auf den Knochen! Schick 'nen Techniker wie mich ins Rennen und die haben nichts mehr zu melden!« Er lässt seine Muskeln spielen. »Hab ich dir schon mal gezeigt, wie ich den Tiger von Eschnapur auf die Bretter geschickt habe? Du kennst doch den Tiger, der war mal die größte Nummer im Catchen, oder war's ein Puma?« Er überlegt kurz und winkt ab. »Na, ist auch egal, irgendeine Miezekatze eben, die ihre Nase weit oben trug

11

und doch tatsächlich glaubte mich besiegen zu können! Arrogantes Katzenvieh!«

Chip dreht sich von der Reling weg und tritt dem Tiger noch einmal gegenüber, nur ist der Catcher diesmal unsichtbar. »Ich hab mir den Kerl in einem Computerspiel geschnappt! *Die berühmtesten Catcher der Welt* stand auf dem Kasten, aber da hatte sich das Katzenvieh mächtig geschnitten! Wie eine Furie sprang der Tiger auf mich los, aber ich ließ ihn eiskalt ins Leere laufen.« Er wiederholt die Drehung und federt locker in den Hüften ab. Er hebt eine Faust, haut eine tiefe Kerbe in die Luft und rutscht auf dem blitzblanken Deck aus, das eben erst geschrubbt wurde. »Aaaaah!«, brüllt er.

Wie ein summender Brummkreisel saust Chip über das glatte Deck. Er rutscht durch die Beine des Regisseurs, der gerade die Kamera aufstellen lässt, fegt die Liegestühle über den Haufen und donnert mit Vollgas in den viel zu kalten Swimmingpool. Das Wasser spritzt nach allen Seiten und Chip stößt einen Schrei aus, der jeden Tiger in die Flucht geschlagen hätte. Prustend taucht er wieder auf. Er paddelt an den Beckenrand und klettert zitternd aus dem Pool. In Windeseile hat er sich in einen flauschigen Bademantel gewickelt.

Nicki kriegt sich vor Lachen kaum noch ein. »Jetzt wärst du beinahe untergegangen«, meint sie. Selbst das wütende Schnauben der coolen Ratte kann sie nicht zur Ruhe bringen.

»Das kann dem besten Captain mal passieren«, antwortet Chip wütend. »Aber zum großen Catchturnier bin ich wieder zu Hause, dann zeige ich dir mal, was 'ne echte Harke ist! Kennst du den Catcher von

Chicago? Oder das Monster aus Miami? Das sind zur Zeit die angesagtesten Kämpfer! Ich nehm mir die halben Portionen vor, Schwester, und dann wirst du mal sehen, was ich so draufhabe! Auf die Technik kommt es an, nur auf die Technik!«

Die coole Ratte verschwindet unter Deck und der Bildschirm wird dunkel. Nicki bleibt schmunzelnd im Dunkeln sitzen. Chip hat es faustdick hinter den Ohren und immer einen coolen Spruch auf den Lippen. Manchmal hilft er ihr sogar bei den Hausaufgaben. Er kennt jedes Computerprogramm und braucht nur mal in eine neue Software reinzuschnuppern um eine komplizierte Rechnung zu kapieren oder über Geschichte und Erdkunde Bescheid zu wissen. Sogar die neue Rechtschreibung hat er schon drauf und die hat nicht mal Nickis Mutter kapiert.

Sie will sich wieder hinlegen und schließt die Augen, aber sie ist viel zu aufgeregt um gleich wieder einzuschlafen. Wer weiß, ob sie noch mal auf der *Titanic* landet? Sie hat keine Lust zweimal in einer Nacht unterzugehen. Sie blickt auf die Leuchtziffern ihres Radioweckers und seufzt. Chip hat es gut, denkt sie, der beamt sich einfach auf ein neues Traumschiff und hält seine lange Schnauze in die karibische Sonne. Ganz zu schweigen von dem leckeren Vanilleeis mit den Schokoladenstückchen. Im Supermarkt liegt das Eis in der Kühltruhe, aber bei dem Wetter rafft sie sich nicht mal zu einer Cola auf. Eher schon zu einem warmen Kakao. Wenn das Wetter nicht besser wird, muss ich die ganzen Ferien drinbleiben, denkt sie niedergeschlagen.

Ein Geräusch lässt sie im Bett hochfahren. Der Wind hat ein Fenster zerschlagen, denkt sie erschrocken, der Regen ist noch stärker geworden! Dann erinnert sie sich an die dunkle Gestalt. Sie springt aus dem Bett und schaut aus dem Fenster. Der Hof liegt verlassen vor ihr. Die Bäume schwanken im Wind. Eine leere Coladose wirbelt über das Pflaster und scheppert gegen die Wand. Erleichtert will sie sich vom Fenster abwenden.

»Ruckuckuckuuuuuuu!« Der unheimliche Schrei geistert als vielfaches Echo über den Schlosshof. Nicki fällt vor Schreck beinahe aus ihren Pantoffeln. Sie reibt mit der Hand über die angelaufene Scheibe und sieht, wie ein leuchtendes Gespenst davonläuft.

Nicki glaubt nicht an Gespenster. Sie zieht sich in Windeseile an, schnappt ihren Anorak und rennt nach unten. Der Regen platscht vor ihre Füße und der kalte Wind weht ihr ins Gesicht. Sie kneift die Augen zusammen und duckt sich unwillkürlich, als die leuchtende Gestalt nur ein paar Meter vor ihr aus der Dunkelheit taucht. »Ruckuckuckuuuuuuu!«, ruft das Gespenst wieder.

Viel zu spät sieht Nicki den Jogurtbecher, der mit voller Wucht auf sie zugeflogen kommt. Das Ding pfeift um Haaresbreite an ihrem Kopf vorbei und donnert gegen die Hauswand. Mit einem hässlichen Geräusch zerplatzt der Becher und der Jogurt spritzt nach allen Seiten.

Nicki riecht den Duft von Heidelbeeren und ist viel zu entsetzt um zu schreien oder dem Gespenst hinterherzulaufen. Sie bleibt wie eine Salzsäule stehen und flucht: »Scheibenkleister!«

Ein Skelett im Wald

Nicki starrt auf den zerplatzten Jogurtbecher und beobachtet, wie der Regen
die Überreste in den nächsten Gully
spült. Sie braucht eine ganze Weile, bis
sie den heimtückischen Angriff verar-
beitet hat. Fassungslos wischt sie sich
die Jogurtspritzer vom Gesicht. Auf Schloss Augustusburg haben alle möglichen Gespenster ihr Unwesen getrieben, aber eine leuchtende Gestalt, die
mit Jogurtbechern nach unschuldigen Mädchen
wirft, hat es noch nicht gegeben! »Das war einer dieser blöden Typen aus der Achten«, murmelt sie
wütend. »Wenn ich den erwische!«

Gebückt schleicht Nicki an der Hauswand entlang, die Kapuze tief in die Stirn gezogen. Heftiger
Wind treibt den Regen quer über den Schlosshof und
ihr ins Gesicht. Alle paar Meter versperrt eine Pfütze
den Weg und sie kann von Glück sagen, dass sie die
Gummistiefel angezogen hat. Sie bleibt im Schatten
der Schlossmauer stehen und späht neugierig zum
Nordtor hinüber.

Im gelben Licht der altersschwachen Lampe sieht
sie die Gestalt verschwinden. Jetzt leuchtet sie nicht
mehr. Wie ein schwarzer Schatten verschwindet sie
durch den Torbogen und auf den Pfad, der durch
einen dichten Wald ins benachbarte Erdmannsdorf
führt. Auf dem Indianerpfad, wie Nicki und ihre
Freunde den kaum sichtbaren Weg nennen, spielen

sie oft Verstecken. Dort ist der Wald wie ein Dschungel, hat sich das Unterholz wie ein verfilztes Dickicht zwischen den Bäumen ausgebreitet. Wenn man sich nicht auskennt, ist man nachts ohne Taschenlampe verloren.

Nur ein Gespenst, das sich in Augustusburg sehr gut auskennt, würde über den Indianerpfad davonschleichen. Ein Gauner, der zufällig auf dem steilen Weg landet, würde wahrscheinlich ausrutschen und an den nächsten Baum knallen. »Ein Junge aus der Achten«, ist Nicki sicher, »der hat bestimmt sein Fahrrad in Erdmannsdorf stehen! Oder ein Moped, das er irgendwo geklaut hat!« Sie hat keine besonders hohe Meinung von der Jugendbande, die seit einigen Monaten durch Augustusburg streunt und Leute anpöbelt. Drei Jungen aus der achten Klasse und einige Jungen aus Chemnitz gehören dazu.

Nicki überlegt einen Augenblick, ob sie zurücklaufen und den einzigen Polizisten von Augustusburg anrufen soll, verwirft den Gedanken aber gleich wieder. Sie will den Mistkerl selber zur Rede stellen! Sie hat was gegen leuchtende Gespenster, die mit Jogurtbechern nach ihr werfen! Bevor sie nachdenken und Angst bekommen kann, läuft sie schnell weiter. Sie huscht durch das Nordtor und duckt sich hinter einen Baum.

Vor ihr liegt der dunkle Wald. Der Regen rauscht vom Himmel herab als hätte Petrus eine Rechnung mit Augustusburg zu begleichen und der Wind zerrt an den Bäumen. Der Boden gleicht einer Schlammwüste. Zwischen den wenigen Sträuchern sind die Spuren des Gespenstes zu erkennen, aber die tiefen Fußstapfen füllen sich bereits mit Wasser.

Auf einmal hört Nicki leise Stimmen. Mit klopfendem Herzen beobachtet sie, wie zwei dunkle Gestalten in den Lichtschein treten. Noch mehr Gespenster? Die Jugendbande aus Augustusburg? Das Mädchen greift nach einem Knüppel und hält den Atem an. Die Gestalten kommen immer näher, benehmen sich dabei verdächtig wie zwei Diebe, die gerade den Tresor ausgeräumt haben und in die Dunkelheit fliehen. Na warte, denkt sie, euch treib ich die Flausen aus! Kommt mir bloß nicht zu nahe, sonst geht ihr nach den Ferien mit einer Beule in die Schule!

Die beiden Gestalten bleiben stehen und blicken in ihre Richtung. Sie tragen dunkle Parkas mit großen Kapuzen und Nicki kann ihre Gesichter nicht erkennen. »Ich glaube, da ist jemand!«, sagt der eine Junge und der andere fragt ängstlich: »Wo? Hinter dem Baum?« Sie flüstern so leise, dass Nicki sie kaum verstehen kann. »Bleib lieber hier!«, fährt die ängstliche Stimme fort. »Vielleicht hat er seine Freunde dabei, dann verprügeln sie uns!«

Der andere Junge denkt nicht daran. Er hebt einen knorrigen Ast auf, den der Wind von einem Baum gerissen hat. »Denk bloß nicht, dass ich vor den Typen in die Knie gehe!«

»Aber sie sind gefährlich! Die schlagen zu, Mann!«

»Ich auch«, kommt die entschlossene Antwort.

Nicki umklammert ihren Knüppel fester und wartet entschlossen darauf, dass der Junge sie in ihrem Versteck aufstöbert. Sie will ihm eins über die Rübe ziehen und schnell wegrennen, dann hat sie vielleicht eine Chance. Wenn die beiden Kerle zu der

17

Jugendbande gehören, hat es keinen Zweck mit ihnen zu reden.

Der Junge hebt den Ast und tritt hinter den Baum. Gleich wird er sie sehen! »Hab ich dich, du verdammter Mistkerl!«, schimpft er.

»Nicht, Fabio!«, ruft die Gestalt hinter ihm.

»Fabio! Serkan!«, erkennt Nicki ihre beiden Freunde. Erleichtert kommt sie hinter dem Baum hervor. Sie lässt schnaufend den Knüppel fallen und sagt: »Mann! Beinahe hätte ich dich geschlagen! Zum Glück hat Serkan deinen Namen genannt! Was macht ihr denn hier?«

»Wir haben eine Gestalt im Schlosshof gesehen«, antwortet der italienische Junge, dessen Vater als Chefkoch im Schlossrestaurant *Burgfried* arbeitet. Auch er ist erleichtert. »Wir dachten, der Typ gehört zu der Jugendbande!«

»Dachte ich auch«, erwidert Nicki. »Der Kerl hat einen Jogurtbecher nach mir geworfen! Er hat wie ein Gespenst geleuchtet!«

»Mit einer Taschenlampe?«, fragte Serkan nervös. Seine Mutter arbeitet in der Küche des Restaurants und hilft auch als Kellnerin aus.

»Keine Ahnung«, erwidert Nicki, »sah eher wie was Glitzerndes aus. Wie die Gespenster in dem Gruselfilm, den wir zusammen gesehen haben! *Die Rache der leuchtenden Zombies* oder so ähnlich! Wisst ihr noch? Die brennenden Gespenster, die ...«

»Hör bloß auf!«, unterbricht Serkan seine Freundin. »Von den Gespenstern träum ich noch heute!« Er erschrickt, kapiert erst jetzt, was Nicki gerade gesagt hat. »He, du glaubst doch nicht, dass einer von diesen Zombies über unseren Schlosshof geistert?«

»Quatsch! Es gibt doch gar keine Zombies!«

»Das ist die Jugendbande«, wirft Fabio ein, »einer von diesen Mistkerlen wollte uns bestimmt einen Denkzettel verpassen!« Er hebt den knorrigen Ast. »Aber jetzt sind wir in der Überzahl! Wir kaufen uns den Burschen und bringen ihn zum Polizeirevier!«

»Und wenn er doch ein Gespenst ist?«, fragt Serkan unsicher.

Auch Nicki ist die Lust vergangen über den schlammigen Indianerpfad zu stapfen. Ihre erste Wut ist verraucht. Sie ist nicht der Typ, der nachts auf Gespensterjagd geht, und sie ist klug genug um die Jugendbande nicht zu unterschätzen. Das sind gemeine Kerle, die auch vor Gewalttätigkeit nicht zurückschrecken.

»Er hat einen Jogurtbecher nach dir geworfen«, versucht Fabio das Mädchen zu überreden. Er kehrt gerne mal den Macho heraus, obwohl er höflich und zuvorkommend ist und sich wie ein Gentleman anzieht. Sogar jetzt trägt er einen Mantel über dem Trainingsanzug. »Ist das vielleicht nichts? Wenn er dich getroffen hätte, hättest du eine ordentliche Beule abgekriegt. Dafür muss er büßen!«

»Lasst uns anrufen, das ist sicherer!«, meint Serkan.

»Bei der Polizei?« Fabio lacht höhnisch. »Bevor der alte Bundhammer aus dem Bett kriecht, ist der Kerl über alle Berge! Nee, den kaufen wir uns selber! Wir jagen ihm ordentlich Angst ein!«

»Das ist viel zu gefährlich!«, hält Nicki ihren Freund zurück. Sie nimmt ihm den Knüppel ab und wirft ihn in den Schlamm.

Fast hat sie den Eindruck, dass Fabio erleichtert

aufatmet. Auch er sieht wohl ein, dass eine Verfolgungsjagd viel zu gefährlich ist.

»Kommt, wir kehren um!«, fordert Serkan seine Freunde auf.

Sie laufen zum Nordtor zurück und bleiben erschrocken stehen, als ein Geräusch hinter ihnen erklingt. »Ruckuckuckuuuu!«, tönt es über die Lichtung und Serkan fällt vor Schreck beinahe in Ohnmacht. Nicki und Fabio schnappen ihn beim Kragen und springen schnell hinter einen Mauervorsprung.

»Der Kerl kommt zurück!«, flüstert Fabio. »Hoffentlich hat er uns nicht gesehen!«

Sie beobachten entsetzt, wie eine Gestalt aus dem Wald wankt. Ein leuchtendes Skelett! Ächzend bleibt es im schwachen Lichtschein stehen. Obwohl sein Gesicht kaum zu sehen ist, glaubt Nicki ein spöttisches Lächeln zu erkennen.

»Das ist kein Gespenst«, klärt sie die anderen flüsternd auf, »der Witzbold trägt ein Kostüm! Eins von den blöden Dingern, das manche Leute im Fasching anziehen! Die Knochen sind auf ein schwarzes Kostüm gedruckt und leuchten, wenn Licht drauffällt!«

»Der ist über zwei Meter groß!«, staunt Fabio. Er ist froh, dass er den leuchtenden Knochenmann nicht verfolgt hat. »Seht euch die Muskeln an! Der Kerl ist stärker als der Weltmeister im Catchen!«

Nicki denkt an das Plakat, das überall in Augustusburg hängt. »Weltmeisterschaft auf Schloss Augustusburg«, steht darauf, »der Catcher von Chicago gegen den Weltmeister der World Wrestling League: das Monster aus Miami! Pfingstsonntag ab 12 Uhr«. Darüber zwei Fotos. Eins davon zeigt einen riesengroßen Mann mit roten Strubbelhaaren und vorstehenden Schneidezähnen. Auf seiner Stirn prangt eine aufgemalte Frankenstein-Narbe. »Das Monster aus Miami!«, flüstert sie, »der berühmte Catcher!«

»Seit wann werfen Catcher mit Jogurtbechern?«, meinte Serkan ungläubig. »Ich denke, die Kerle sind privat ganz friedlich!«

»Der nicht«, weiß Nicki es besser. Sie erinnert sich daran, dass auf dem Plakat auch die Namen der Sponsoren standen. *Miami-Jogurt – das Kraftpaket* und *Panther – der Schokoriegel mit Biss.* »Den Jogurt hat er von seinem Sponsor!«

»Und warum isst er ihn nicht auf?«, fragt Fabio.

»Keine Ahnung«, antwortet Nicki, »vielleicht mag er das Zeug nicht!« Sie hört Schritte und erschrickt. »Psst! Da kommt jemand!«

Eine Frau im Regenmantel tritt aus der Dunkelheit. Ihre Stöckelschuhe klappern über die Pflastersteine. Als sie in den Lichtschein tritt, wird das Markenzeichen von *Miami-Jogurt* auf ihrem Regenschirm sichtbar.

»Monster!«, fährt sie den Catcher an, der ihr mit hängenden Schultern entgegenblickt. »Was zum Teufel tust du hier?«

»Ich denke, ich soll die Leute erschrecken!«, antwortet das Monster aus Miami weinerlich. Er spricht Deutsch mit amerikanischem Akzent, immerhin hat er eine deutsche Mutter. »Du hast doch selber gesagt, ich soll über den Schlosshof laufen und ›Ruckuckuckuuuu!‹ rufen. Das hab ich getan, Miss Jessica!«

Jessica rollt mit den Augen. »Ich hab dir gesagt, du sollst ein bisschen Rabbatz machen, weil das gut fürs

Image ist! Aber nur, wenn die Presse dabei ist, sonst hat es doch keinen Sinn!« Sie kramt eine Zigarettenschachtel aus ihrer Manteltasche und steckt sie schnell wieder weg, als ihr der Wind den Regen ins Gesicht bläst. »So ein Mistwetter!«, schimpft sie. Und mit einem strengen Blitzen in den Augen: »Und warum wirfst du mit Jogurtbechern?«

»Da war ein Mädchen!«, meint der Catcher schuldbewusst.

»Ein Mädchen? Seit wann hast du Angst vor Mädchen?«

»Ich wollte nicht, dass sie mich verpetzt! Also hab ich schnell einen Jogurt geworfen! Ich mag das süße Zeug sowieso nicht!«

»*Miami-Jogurt* ist dein Sponsor, Monster!«

»Schon gut, ich mach's nicht wieder!«

»Das will ich auch schwer hoffen«, erwidert Jessica ernst. Die Kinder haben längst kapiert, dass sie die Managerin des Catchers ist. »Mach nur, was ich sage, dann kann dir nichts passieren! Okay?«

»Okay«, bestätigt Monster kleinlaut.

Jessica lächelt zufrieden. »Dann geh jetzt auf dein Zimmer! Wenn der Catcher von Chicago kommt, musst du ausgeruht sein! Oder willst du dich von dieser halben Portion unterkriegen lassen? Wir sind unseren Sponsoren verpflichtet, vergiss das nicht! Die zahlen viel Geld! Du weißt hoffentlich, was das bedeutet?«

»Immer volle Pulle gehen!«

»Ich sehe, du hast meinen Wahlspruch nicht vergessen!«, meint Jessica mit einem gnädigen Schmunzeln. Dann wird ihre Miene wieder ernst. »Immer volle Pulle gehen, auch vor dem Kampf!«

»Wird gemacht, Chefin!«, antwortet Monster ergeben.

Jessica nickt zufrieden und stöckelt davon. Der Catcher folgt ihr mit schuldbewusster Miene. Die Kinder können es nicht fassen und blicken den beiden staunend nach.

Die Ratte im Fernseher

 Markus sitzt kerzengerade im Bett. Er ist zwölf Jahre alt und mit Nicki, Fabio und Serkan befreundet. Seinen Eltern gehören das Hotel und die Jugendherberge, die im Schloss untergebracht sind. Er hat vom letzten Kampf des Terminators geträumt und glaubt einen Augenblick, dass der Maschinenmensch vor seinem Fenster steht.

Aber es ist nur der Schatten des Monsters, das wieder seinen Urschrei ausstoßen will und von seiner Managerin gerade noch rechtzeitig zurückgehalten wird. »Genug«, weist sie ihn zurecht, »ich hab keine Lust mich mit aufgebrachten Hotelgästen herumzuschlagen! Schlimm genug, dass du die Vögel im Wald erschreckt hast! Schlaf dich erst mal aus, bevor du wieder auf Monster machst! Und häng dein Skelett auf den Kleiderhaken, okay?«

»Ich dachte nur ...«

»Überlass das Denken mir«, erwidert Jessica, »dafür kassiere ich die zwanzig Prozent! Du bist zum Kämpfen hier! Bring dich in Form und sorge dafür, dass du topfit in den Ring steigst, sonst haut dich der Catcher von Chicago um und wir gehen leer aus!«

»Niemals! Ich bin der Weltmeister!«

»Auch Weltmeister haben schon verloren.« Sie öffnet die Hoteltür und schiebt das Monster hinein. »Beeil dich, ich bin hundemüde!«

Markus wird neugierig und springt aus dem Bett.

Er weiß, dass die beiden Catcher nachts einchecken, und will unbedingt herausbekommen, ob sie wirklich so stark sind wie im Fernsehen und auf den Plakaten. Er hat keine Ahnung, dass seine Freunde dem Monster schon begegnet sind, streift seinen Trainingsanzug über, schlüpft in die Turnschuhe und schleicht durch die dunkle Wohnung. Er öffnet die Haustür und späht aufgeregt in den Flur.

Beim Anblick des leuchtenden Skeletts unterdrückt er mühsam einen Schrei. Er hält sich eine Hand vor den Mund und starrt mit weit aufgerissenen Augen zur Treppe. Breitbeinig stapft das Monster nach oben. Das blasse Flurlicht spiegelt sich auf den Knochen, die mit weißer Leuchtfarbe auf seinen hautengen Anzug gemalt sind. Neben ihm läuft Jessica, den zusammengefalteten Regenschirm unter dem Arm. Klack, klack, klack, machen ihre hohen Absätze und ihr Mantel schleift über den Boden.

Markus erinnert sich daran, das leuchtende Monster bereits im Fernsehen gesehen zu haben, und atmet erleichtert auf. Diese Catcher sind harmlos, denkt er, im Fernsehen haben sie gesagt, dass die meisten Kämpfer keiner Fliege etwas zu Leide tun könnten. Die Grausamkeit im Ring sei nur gespielt. Aber furchterregend sieht der Catcher doch aus und Markus versteckt sich sicherheitshalber neben der Treppe, um nicht gesehen zu werden. Er hat keine Lust in eine Ohrfeige des muskelbepackten Skeletts zu laufen. Mucksmäuschenstill bleibt er in der Dunkelheit sitzen.

Oben bleiben der Catcher und seine Managerin vor dem Empfang stehen. Es ist bereits nach Mitternacht und der alte Sebastian ist längst vor seinem

Fernseher eingeschlafen. Der Hausmeister schiebt schon seit einigen Jahren die Nachtwache. Mit dem Verdienst bessert er seine magere Rente auf. Aber nachts ist kaum was los und er hat genügend Zeit sich vor dem Fernseher auszuruhen. Meistens schläft er schon nach wenigen Minuten ein. Auch jetzt schnarcht er wie ein rüstiges Nilpferd.

»He, was soll das?«, fährt Jessica den schlafenden Rentner an. »Sollen wir die ganze Nacht hier stehen? Wachen Sie auf!«

Sebastian rührt sich nicht. Er hat einen tiefen Schlaf.

»Aufwachen, Meister! Das Monster ist da!«, sagt Jessica.

Sebastian wacht noch immer nicht auf.

»Der schläft fester als mein Dackel«, meint das Monster.

»Dein Dackel ist tot«, erinnert ihn Jessica.

»Eben«, bestätigt der Catcher feixend. Er dreht sich um und sieht einen Stapel mit Kisten und Paketen an der Wand stehen. »Unsere Sponsoren haben das Zeug geschickt«, frohlockt er, »schau nur, pfundweise Schokoriegel und eine Kiste mit Jogurt!«

»Miami-Jogurt, das Kraftpaket«, liest die Managerin.

Auch die Ware der Konkurrenz ist schon da. »Blue Tiger haut rein!«, steht auf den Kisten mit dem neuen Energy-Drink und daneben liegen die Schachteln mit den kerngesunden Cornflakes. »Cornflakes von Sauer geben dir Power«, heißt der Leitspruch, der im Fernsehen von knallbunten Hühnern gesungen wird.

»He, Cornflakes von Sauer, die will ich haben!«, tönt das Monster. »Die ess ich für mein Leben gern!

Und einen Energy-Drink könnt ich auch vertragen! Der haut mächtig rein, hab ich gehört!«

»Untersteh dich!«, warnt Jessica ihren Catcher. »Oder willst du die Sponsoren deines Gegners unterstützen? Stell dir vor, die Presse erwischt dich mit Blue Tiger! Das machst du nur einmal, mein Lieber, weil uns dann alle Sponsoren abspringen, klar?«

»Klar, Chefin!«

Jessica hat nicht den Eindruck, dass er es wirklich kapiert hat. Ihr Schützling ist nicht gerade der Hellste und verdankt es nur seinen Muskeln, dass er so viel Geld auf dem Konto hat. Und ihrem Weitblick, fügt sie unbescheiden hinzu, immerhin erledigt sie alle Geschäfte für das Monster und die Idee mit dem Skelett stammt auch von ihr.

Sie wendet sich an den schlafenden Sebastian. »Jetzt reicht's aber«, wird sie langsam wütend, »wachen Sie endlich auf, Sie elender Langschläfer!«

»Ich kann das besser, Chefin«, tönt der Catcher. Er hat sich einen Jogurt geschnappt und gießt die zähe Masse über das Gesicht des schlafenden Rentners. Diesmal sind Erdbeeren drin.

»Monster! Lass das!«, schreit Jessica.

Aber das Unglück ist längst passiert und der Jogurt läuft über Augen, Nase und Ohren des armen Mannes. Er bekommt keine Luft mehr, schreckt aus seinem Traum hoch und verschluckt sich an einer ganzen Erdbeere. Hustend fährt er hinter dem Tresen hoch. »Hi-Hilfe! Ich er-ersticke!«, stammelt er. »He-Helft mir do-doch!«

Markus ballt die Fäuste in seinem Versteck. Er kann den alten Sebastian gut leiden und mag es nicht, wenn man ihn veralbert.

»Jetzt ist er wach!«, freut sich das Monster. Er strahlt seine Managerin an und wirft den leeren Becher in den Abfalleimer.

Jessica reicht dem armen Rentner ein Taschentuch und entschuldigt sich tausendmal. »Tut mir furchtbar Leid«, sagt sie, »aber meinem Monster ist der Jogurt aus der Hand gerutscht! Er isst das Zeug für sein Leben gern, wissen Sie, besonders Heidelbeere und Erdbeere, aber er ist furchtbar stark und kann seine Bewegungen manchmal nicht kontrollieren. Ich bin untröstlich!«

Sebastian wischt sich den Jogurt vom Gesicht. »Schon gut«, erwidert er schläfrig. Er ist so müde, dass er gar nicht richtig mitgekriegt hat, was eigentlich passiert ist. »Sie haben ein Monster, sagen Sie?«

»Das Monster aus Miami!«, stellt die Lady strahlend vor. »Der stärkste Catcher der Welt!«

»Ei-ein echtes Mo-Monster?«, stammelt Sebastian erschrocken. »Haben Sie Mo-Monster gesagt?« Er starrt den strahlenden Catcher an, sieht die roten Strubbelhaare und die leuchtenden Knochen und will ängstlich Reißaus nehmen. »Hiiiiilfe!«, schreit er.

Das Monster stoppt ihn mit einer Hand. »Keine Bange!«, beruhigt er den Rentner. »Ich bin nicht so böse, wie ich aussehe!«

»Lass ihn los!«, befiehlt Jessica entschlossen. Sie zeigt dem armen Sebastian ihr schönstes Lächeln und drückt ihn sanft auf seinen Stuhl zurück. »Das Monster aus Miami«, wiederholt sie langsam, »der berühmte Catcher! Übermorgen findet der große Kampf im Schlosshof statt!« Sie deutet auf das Plakat neben der Glastür.

Jetzt kapiert auch Sebastian und ihm fällt endlich ein, was Martin Dobrisch, der Hotelbesitzer, gesagt hat: »Heute Nacht kommen die beiden Catcher an! Das Monster aus Miami und der Catcher von Chicago! Gib ihnen die besten Zimmer, hast du gehört?« Er holt tief Luft. »Das Mo-Monster aus Miami, na-natürlich!«

Er lässt den Catcher und seine Managerin die Anmeldezettel unterschreiben und händigt ihnen die Schlüssel aus. »Zimmer 1 und 2«, sagt er höflich. »Durch die Glastür und den Gang runter!«

»Und unser Gepäck?«, fragt Jessica. »Die Koffer liegen im Wagen. Der große Mercedes. Ich hab neben dem Brunnen geparkt.«

»Ich kann hier nicht weg«, bedauert Sebastian.

»Mein Waschbeutel, meine Zahnbürste ...«

»Könnte nicht vielleicht er ...?«, fragt der Rentner. Er wirft einen vorsichtigen Blick auf den Catcher, darauf gefasst, wieder einen Jogurt ins Gesicht zu bekommen. »Ich meine, er ist doch bärenstark und ...«

»Gute Idee«, stimmt Jessica zu, »er braucht sowieso Training!« Sie wendet sich an den Catcher. »Hast du gehört, Monster? Hol die beiden Koffer aus dem Wagen! Und keine Dummheiten unterwegs, verstanden?«

»Wird gemacht, Chefin!«

»Ich warte auf meinem Zimmer.«

»Ich fliege!«

Markus beobachtet aus seinem Versteck, wie das Monster aus Miami die Treppe hinunterstapft. Sein leuchtender Skelett-Anzug ist immer noch nass und seine roten Strubbelhaare kleben am Kopf. Seine vorstehenden Schneidezähne lassen ihn wie einen riesigen Hamster aussehen. Von den Catchern, die ihn wegen seines Aussehens und seiner tollpatschigen Art ausgelacht haben, spricht schon längst keiner mehr. Das Monster aus Miami ist Weltmeister in der legendären World Wrestling League und hat alle Kämpfe gewonnen. Auch gegen den Catcher von Chicago, den neuen Herausforderer, gilt er als unangefochtener Favorit.

Wenn ich so stark wie Arnold Schwarzenegger wäre, würde ich ihn in die Mangel nehmen, denkt Markus wütend, es ist verdammt feige, dem armen Sebastian einen Jogurt ins Gesicht zu schütten! Immerhin hat sich die Managerin entschuldigt, räumt er ein. Aber einen Denkzettel hätte er verdient! Die coole Ratte, die könnte ihm eins auswischen! Möchte wissen, wo das Vieh steckt!

Der Catcher kehrt mit den Koffern zurück. Dem starken Mann macht es nichts aus, das schwere Gepäck die Treppe hinaufzuwuchten. Jessica ist auf ihr Zimmer entschwunden. Sebastian ist längst wieder eingeschlafen. Sein Schnarchen dringt durch das spärlich beleuchtete Treppenhaus. Im Fernseher singt gerade ein Matrosenchor auf einem Segelboot von der anstrengenden Fahrt um Kap Hoorn. »In den Kesseln, da faulte das Wasser und täglich ging einer über Bord ...«

Dem Monster aus Miami gefällt das Lied. Er summt leise mit und grinst in sich hinein. Erst das heisere Krächzen der coolen Ratte lässt ihn erstarren.

»Hallo, Monster!«, kommt es aus dem Fernseher.

Der Catcher fährt herum und starrt auf den Bildschirm. Das alte Segelschiff pflügt durch einen ausgewachsenen Sturm. An der Reling steht ein seltsamer Typ mit Kapitänsjacke, der in dem Regen und der Gischt nur schemenhaft zu erkennen ist. »... und den feigen Catcher stoßen wir von Bord!«, singt Captain Chip.

Das verdutzte Monster lässt vor Schreck die Koffer fallen. »Was soll der Quatsch?«, fragt er ungläubig. »Meinst du etwa mich?«

»Wen denn sonst, du halbe Portion?«, erwidert die coole Ratte auf dem Segler. »Oder siehst du irgendwo den Klabautermann?«

»Aber du bist in der Glotze! Du kannst mich nicht sehen!«

»Captain Chip sieht alles!«, tönt die heisere Stimme. »Schon mal vom coolsten Seebären der sieben Weltmeere gehört? Der einzigen Ratte, die Kap Hoorn umsegelt und eine ganze Horde gefährlicher Piraten in die Flucht geschlagen hat? Das bin ich, du schwachbrüstiges Leichtgewicht, und du tätest gut daran, mir ein bisschen Respekt zu bezeigen!« Chip bläst sich zur vollen Größe auf und brüllt: »Haben wir uns verstanden, du mieser Wichtel?«

»Ja-Ja, na-natürlich!«, erschrickt das Monster.

»Das heißt: Aye, Sir!«

»Aye, Sir!«, wiederholt der Catcher brav.

»Brav«, ist Chip zufrieden, »und jetzt schnapp dir einen Jogurt! Na, wird's bald? Ich werde auf dem Achterdeck gebraucht und hab keine Lust die halbe Nacht mit dir zu vertrödeln ...«

»Ich geh ja schon«, sagt der Catcher rasch. Er holt einen Jogurt und blickt fragend auf den Bildschirm. »Und was soll ich damit?«

Aus dem Fernseher kommt das berühmte Meckern. »Blöde Frage! Reiß den Deckel ab und gieß dir das Zeug über die Birne!«

»Ich bin doch nicht übergeschnappt ...«

»Soll ich die Alarmanlage anmachen?«, warnt die Ratte. »Soll ich der Presse erzählen, was für ein abgetörnter Dödel du bist? Soll ich dem Finanzamt verraten, was du mit deiner Kohle machst? Soll ich das Schlossgespenst wecken und zu deiner Lady schicken?«

»Du bringst das fertig!«, sagt der Catcher.

»Schlaues Kerlchen!«, erwidert Chip meckernd. »Und jetzt schütte dir das Zeug über den Kopf oder es setzt was! Was für den armen Sebastian Recht ist, ist für dich noch lange billig!«

Das Monster aus Miami weiß, dass ihm keine andere Wahl bleibt. Ein geheimnisvolles Wesen, das im Fernseher hockt und mit ihm sprechen kann, ist zu jeder Schandtat fähig. Er öffnet den Jogurt, zögert noch einmal und stülpt ihn schnell über seine Strubbelhaare. Vielleicht ist das ein Außerirdischer, denkt er entsetzt, als die klebrige Masse über seine Wangen rinnt. Heidelbeeren, immerhin ...

Das schadenfrohe Meckern der coolen Ratte verfolgt ihn bis in sein Zimmer und lässt den armen Sebastian zufrieden grunzen.

Vier Bengel im Brunnen

Markus schläft friedlich in seinem Bett. Aber kurz nach zwei Uhr flammen vor seinem Fenster Scheinwerfer auf und wecken ihn erneut. Sie gehören zu einem Cadillac, der langsam in den Schlosshof rollt. Markus springt  aus dem Bett und läuft zum Fenster. Im schummrigen Licht der Lampe, die vor dem Hoteleingang brennt, sieht er einen untersetzten Mann mit Zigarre aus dem Luxuswagen steigen. Sein altmodischer Anzug und sein Schlapphut erinnern an die Gangster in alten Schwarzweißfilmen. Der Kragen seines Trenchcoats ist hochgeschlagen, obwohl es längst nicht mehr regnet. Er pafft ungeduldig an seiner Zigarre und öffnet die hintere Tür. »Höchste Zeit, dass wir in die Kiste kommen«, sagt er zu dem starken Mann, der ächzend aus der Limousine steigt, »du brauchst viel Schlaf, wenn du das Monster aus Miami auf die Bretter schicken willst!«

Markus weiß sofort, wen er vor sich hat: den Catcher von Chicago und seinen Manager. Sie sprechen beide Deutsch. In der Zeitung hat der Junge gelesen, dass auch dieser Catcher deutscher Abstammung ist, seine Eltern kommen aus einem winzigen Nest in Nordhessen. Er trägt einen knallblauen Trainingsanzug mit dem Slogan seines Sponsors: »Blue Tiger haut rein!« Darüber hat er einen dunklen Wollmantel gezogen. Sein wirres Haar wird von einem blauen Stirnband gebändigt. Selbst im trüben Licht kann Markus erkennen, dass sein Gesicht von funkelnden Schweinsäuglein beherrscht wird. »Ich bin eine Seele von Mensch«, sagt der Catcher von Chicago im Werbespot für seinen Sponsor, »aber wenn ich Blue Tiger trinke, werde ich zum Tiger!«

Die beiden Männer holen ihr Gepäck aus dem Kofferraum und tragen es in den Flur. Der Catcher achtet darauf, dass die Tür leise hinter ihnen schließt. Der ist viel zu höflich für einen Catcher, denkt Markus, deshalb hat er auch die letzte Weltmeisterschaft verloren. Sein Gegner lag besinnungslos auf den Brettern und als der Catcher von Chicago sich niederbeugte um ihm zu helfen wurde der Kerl wieder munter und warf ihn mit einem Klammergriff zu Boden. Nicht gerade die feine Art, aber im Catchen zählt fast jede Gemeinheit. Besonders in der weltweiten Profiliga.

Neugierig schleicht Markus aus seinem Zimmer. Er öffnet noch einmal die Holztür und blickt die Treppe hinauf. Mal sehen, wie der Catcher von Chicago den armen Sebastian behandelt, denkt der Junge. Er beobachtet, wie die Männer ihr Gepäck abstellen und der Manager eine dicke Rauchwolke über den Tresen pustet. »Schau dir den alten Knochen an«, meint er, »der hat was Besseres zu tun als uns zu empfangen!«

»Kann ich ihm nicht verdenken«, erwidert der Catcher, »bei dem Programm würde ich auch einschlafen!« Er deutet auf den Fernseher, in dem ein Werbespot mit dem Monster aus Miami läuft. Diesmal preist der Weltmeister seine Schokoriegel an. »Nichts gegen Schokolade, aber von dem Mistkerl würde ich nicht mal ein Hustenbonbon nehmen! Weißt du noch, letztes Jahr in Prag? Er hat mir ein Bein gestellt, noch vor dem ersten Gong! Und in der Garderobe wollte er mich mit einer Eisenstange vermöbeln!«

Der Manager nickt grimmig. »Aber diesmal gewinnen wir, Johnny! Wir werden Weltmeister, so wahr ich dein Onkel bin und Bogey heiße!«

»Ich denke, du heißt Willibald?«

»So steht's in meiner Geburtsurkunde«, erwidert Bogey ungehalten, »schlimm genug, dass meine Mutter auf so einen Namen gekommen ist. In der Szene bin ich als Bogey bekannt! Du weißt doch, wie gerne ich mir die alten Krimis mit Humphrey Bogart ansehe!«

»Sonst würden wir nicht in Chicago wohnen, Onkel!«

»Bogey!«

»Bogey«, verbessert der Catcher. Er geht um den Tresen herum und tippt ihre Namen in den Computer. »Zimmer 3 und 4«, liest er zufrieden. Er nimmt die Schlüssel vom Brett. »Jetzt brauchen wir den armen Kerl nicht zu wecken!«

»Das lob ich mir«, kommt es aus dem Fernseher.

Johnny und sein Onkel haben keine Ahnung, dass die coole Ratte im Fernseher hockt, und fahren erschrocken herum. Sebastian hängt schnarchend in seinem Stuhl und im Fernseher wirbt ein dicker Captain für Fischstäbchen. Den anderen Captain mit der langen Rattennase sehen sie nicht.

Die beiden Männer verschwinden schulterzuckend im Hotelflur. »Wahrscheinlich redet der alte Mann im Schlaf«, sagt einer zum anderen. Sie finden die Zimmer und öffnen gähnend die Türen.

Markus kehrt zufrieden in sein Zimmer zurück. Jetzt weiß er wenigstens, wen er am Sonntag anfeuern muss. Alle Schlosskinder haben Freikarten bekommen und wollen sich die Weltmeisterschaft im Catchen nicht entgehen lassen. Sogar ihre Eltern wollen dabei sein. Hoffentlich bekommt das Monster aus Miami ordentlich eins auf die Nase, denkt Markus. Der Catcher von Chicago hat ihm viel besser gefallen. Wie ein Gentleman hat er sich gegenüber Sebastian benommen.

Vor seinem Zimmerfenster blitzt eine Taschenlampe auf. Stimmen werden laut und ein nervtötendes Geräusch zerschneidet die Stille. Markus blickt vorsichtig nach draußen und sieht vier Jugendliche, die lachend vor dem Cadillac stehen und mit ihren Schlüsseln den Lack zerkratzen. Er will aufschreien und wütend nach draußen stürzen, die Mistkerle verprügeln und zur Polizei bringen, aber seine Vernunft ist stärker. Er bleibt hinter dem Vorhang stehen und flüstert: »Das hat uns gerade noch gefehlt!«

Die Kerle gehören zu der Jugendbande, die Augustusburg unsicher macht. Vier Jungen zwischen vierzehn und achtzehn Jahren, alle in Jeans und Lederjacken und mit kurzrasierten Haaren. Keine Skinheads, sondern miese Radaubrüder, die ihren Frust an Schwächeren auslassen. Und an teuren Autos! Die Schlüssel hinterlassen hässliche Spuren auf den Fensterscheiben und dem schwarzen Lack.

»Jetzt reicht's mir aber!«, explodiert Markus. Seine Wut ist größer als seine Vernunft und er schlüpft schnaubend in seinen Trainingsanzug und seine Turnschuhe. Mit seinem Baseballschläger rennt er nach draußen. »Haut bloß ab, ihr Mistkerle!«

Darauf haben die vier Radaubrüder nur gewartet. Ihr Anführer, ein bulliger Typ mit abstehenden Ohren, blickt den armen Markus wie einen lästigen Käfer an und fragt: »Willste was, Kleiner?«

»Ihr sollt verschwinden!«, schimpft Markus.

Der Anführer lacht höhnisch. »Nun hört euch diese halbe Portion an!«, macht er sich über den Jungen lustig. »Will den stärksten Kerlen der Stadt zeigen, wo's langgeht! Ich lach mich halb tot!«

»Lach ruhig weiter!«, lässt Markus jede Vorsicht über Bord fallen. »Ich hab die Polizei gerufen! Die nimmt euch fest und sperrt euch ein! Hinter Gittern wird euch das Lachen schon vergehen!«

»Habt ihr das gehört?«, fragt der Anführer seine Kumpane. Sie grinsen genauso überlegen wie er. »Die halbe Portion hat die Polizei gerufen! Jetzt kriegen wir aber mächtig Angst, was?«

»Und wie!«, antwortet er lachend.

»Und was willst du der Polizei erzählen, wenn sie dich neben der Schrottkarre findet?«, fuhr der Anführer höhnisch fort. »Dass du vier Typen gesehen hast, die einen Cadillac zerkratzt haben? Das glaub ich nicht!«

»Ich auch nicht«, stimmt sein Kumpel zu. Er zaubert einen Schraubenschlüssel aus seiner Hosentasche. »Wenn wir mit ihm fertig sind, kann er überhaupt nicht mehr reden! Stimmt's, Michi?«

Michi lacht hässlich. »Stimmt genau! Ohne Zähne und mit einer dicken Lippe kann die halbe Portion nichts mehr sagen!« Seine Stimme wird scharf. »Schnappt euch den Scheißkerl! Verpasst ihm eine Lektion, macht schon!«

Erst jetzt merkt Markus, dass er in großer Gefahr

schwebt. Die vier Kerle kreisen ihn ein und kommen immer näher. Auch mit dem Baseballschläger kann er nichts gegen sie ausrichten. Er sucht verzweifelt nach einem Fluchtweg, will ins Haus zurücklaufen, aber der Kerl mit dem Schraubenschlüssel hat sich hinter ihn geschoben. Sie haben ihn in der Zange. »Die Polizei kommt!«, ruft er verzweifelt. »Ihr kommt in den Knast, wenn ihr mir was tut!«

»Jetzt geht dir die Muffe, was?«, höhnt der Anführer.

»Dir hoffentlich auch, Stinkstiefel!«, tönt eine Stimme aus der Dunkelheit. Der Catcher von Chicago tritt in den Lichtschein, nur mit Trainingshose und T-Shirt bekleidet, und zeigt seine Muskeln. Knapp zwei Meter misst der freundliche Catcher.

Jetzt ist er gar nicht freundlich. Seine dunklen Augen funkeln wütend und auf seiner Stirn haben sich Zornesfalten gebildet. »Lasst den Jungen in Ruhe!« Er schlägt dem Jungen, der ihm am nächsten steht, den Schraubenschlüssel aus der Hand und versetzt ihm einen Fußtritt, der ihn drei Meter auf das nasse Kopfsteinpflaster befördert. »Euch werde ich lehren, einen schönen Cadillac zu zerkratzen! Ich mache euch zu Apfelmus, ihr stinkenden Kröten! Ich stampfe euch in den Boden!«

Michi wird blass und weicht schrittweise zurück. »Der meint es ernst!«, sagt er zu seinen Kumpanen. Seine Stimme zittert. »Der will uns fertig machen! Rette sich, wer kann! Lauft weg, verdammt!«

Die Jungen rennen ängstlich davon, aber sie haben nicht mit der coolen Ratte gerechnet. Chip hat sich längst in die Elektronik des teuren Cadillac gebeamt und den Motor angelassen. Er verstellt die Automatik und düst mit quietschenden Reifen hinter den Mist-kerlen her. Mit einem eleganten Powerslide braust er an ihnen vorbei und stellt sich vor das Südtor. »Sorry, Leute!«, verhöhnt er sie über den Bordlautsprecher. »An mir kommt ihr nicht vorbei!«

Die jungen Schurken geraten in Panik. Sie blicken sich zitternd nach dem Catcher von Chicago um, der bedrohlich wie ein zorniger Riese durch die Dunkel-heit heranstapft. »Schnell! Zum Nordtor!«, ruft Michi.

Die Jungen laufen vor dem Catcher davon und wenden sich nach Norden. Hinter ihnen heult der Motor des Cadillac auf und die Limousine schleudert an ihnen vorbei und stellt sich quer vor das andere Schlosstor. »Na, was sagt ihr jetzt?«, kommt die meckernde Stimme der coolen Ratte. »Sieht böse aus, was? Ich würde mir vor Angst in die Hose machen, wenn ich zu eurer blöden Bande gehören würde! Da kommt der Catcher!«

Michi macht sich tatsächlich in die Hose. Auch die anderen sehen nicht gerade glücklich aus. »Nicht schlagen!«, jammert Michi wie ein kleiner Junge. »Wir wollen nie mehr was Böses tun! Und wir stel-len uns der Polizei! Tun Sie uns nichts!«

»Von der Sorte seid ihr also«, erwidert der Catcher, »hab ich mir doch gleich gedacht, dass ihr elende Feiglinge seid!« Er breitet seine Arme wie eine wütende Krake aus und schnappt sich die vier Jun-gen. Zwei unter dem linken und zwei unter dem rechten Arm, wie Brennholz, das man in den Keller trägt. »Igittigitt!«, rümpft er seine Nase, »ihr stinkt ja wie ein Haufen Wildschweine! Allerhöchste Zeit eine kalte Dusche zu nehmen!«

Mit den jammernden Vier läuft der Catcher zum anderen Tor zurück. Die coole Ratte parkt den Cadillac vor dem Hoteleingang und beamt sich in eine Glühbirne um besser sehen zu können. Markus läuft dem Riesen hinterher und beobachtet grinsend, wie er die zappelnden Jungen, einen nach dem anderen, in den Brunnen fallen lässt. Wie schwere Wackersteine plumpsen sie ins kalte Wasser. Der Catcher reibt sich die Hände und ruft: »Festhalten, Leute! Gleich kommt die Polizei und holt euch wieder raus! Oder soll ich euch bis morgen früh unten lassen?«

»Nein! Nein!«, flehen die strampelnden Jungen in dem dunklen Brunnen. »Bitte nicht! Wir haben Angst! Wir wollen wieder raus!«

»Dachte ich mir«, meint der Catcher. Er wendet sich an Markus und fragt: »Rufst du die Polizei an? Ich warte hier, damit mir die jämmerlichen Wichte nicht absaufen!« Er grinst übers ganze Gesicht. »Und sag dem Bullen, er soll ein großes Handtuch mitbringen, sonst holen sich die Mistkerle noch einen Schnupfen!«

»Wird gemacht«, erwidert der Junge. Er läuft davon, stürmt die Treppe zum Empfang hinauf und holt die Polizei aus dem Bett.

Niemand hört die coole Ratte, die immer noch in der flackernden Glühbirne hockt und sich lachend auf den Bauch schlägt.

Eine Spinne zum Frühstück

»Habt ihr den goldenen Pokal gesehen?«, fragt Mandy, als die Schlosskinder beim Frühstück sitzen. Das zehn-
jährige Mädchen sieht wie die dunkel-
häutigen Schönheiten aus der Karibik-
Werbung aus und will später Model
werden. »Sie haben das Ding in den Safe gesperrt!
Der Weltmeister im Catchen darf es behalten! Es soll
über zehntausend Dollar wert sein!«

»Ein Pokal? Zehntausend Dollar?«, fragt Serkan
ungläubig.

»Hat mir der Polizist verraten, der ihn bewacht
hat«, klärt Mandy den türkischen Jungen auf. »Das
Ding ist mit Diamanten besetzt!«

»So einen Pokal möchte ich auch gewinnen«, sagt
Fabio. Er ist ein begeisterter Fußballer und träumt
davon, für den legendären AC Milan zu spielen. In
der Jugendmannschaft von Augustusburg schießt er
die meisten Tore. »Was meint ihr, wer gewinnt?«

»Gegen wen spielt ihr denn?«, fragt Nicki.

»Ich mein doch im Catchen!«, erklärt Fabio.

»Johnny!«, antwortet Markus überzeugt. »So heißt
der Catcher von Chicago. Ihr hättet ihn heute Nacht
sehen sollen! Mann, der hat diesen Dummbeuteln
ganz schön eingeheizt! Wenn er nicht so ein gut-
mütiger Kerl wäre, säßen sie jetzt noch im Brunnen!«

Nicki lacht. »Dafür schmoren sie im Knast!«

Natürlich haben die Kinder einander ihre nächtli-

41

chen Abenteuer erzählt. Nicki, Fabio und Serkan haben von ihrer Begegnung mit dem Monster aus Miami und seiner Managerin berichtet und Markus hat vom Auftritt des superstarken Johnny im Schlosshof erzählt. Mandy ist ein wenig sauer, weil sie fest geschlafen und nichts mitbekommen hat. »Warum habt ihr mich nicht geweckt?«

Zum Frühstück gibt es Rührei mit Schinken und frische Brötchen. Während der Ferien und am Wochenende essen die Kinder oft im *Burgfried.*

Die Tür geht auf und der Catcher von Chicago kommt herein. »Hallo, Chefin! Hallo, Kinder!«, grüßt er fröhlich. Er trägt einen blauen Trainingsanzug und hat seine wilden Locken mit einem blauen Stirnband gebändigt. »Zweimal das große Frühstück für mich und ein Brötchen mit Diät-Marmelade für meinen Onkel. Er will abnehmen, damit er Humphrey Bogart noch ähnlicher sieht!«

Bogey findet das gar nicht witzig. »Und eine heiße Schokolade mit viel Schlagsahne«, bestellt er trotzig, »sonst erkennt mich morgen keiner mehr!« Er zieht seinen Mantel aus und hängt ihn an die Garderobe, seinen Hut schiebt er mürrisch in den Nacken.

»Die Rabauken haben ordentlich eins auf die Finger gekriegt«, berichtet der Catcher, während Marianne Klever das Frühstück auftischt. »Der Richter hat ihnen eine saftige Jugendstrafe angedroht! So schnell kommen die nicht mehr auf dumme Gedanken!«

»Das wurde auch höchste Zeit«, sagt Marianne Klever, »diese ungezogenen Lümmel treiben schon seit ein paar Wochen ihr Unwesen! Vielen Dank, dass Sie sich um sie gekümmert haben!«

»Das war mir eine große Ehre, Madam!«

Die Kinder beobachten staunend, wie der Catcher vier hartgekochte Frühstückseier vertilgt und sich heißhungrig über ein Wurstbrötchen hermacht. Sein Manager schlürft genüsslich Schokolade und leckt die Diät-Marmelade von der Butter. Beide lassen sich nicht stören, als die Konkurrenz zur Tür hereinkommt.

»He«, jammert das Monster, als er seinen Gegner am Ecktisch sitzen sieht, »müssen wir im selben Lokal wie dieser Gangster frühstücken? Komm, wir gehen woandershin, Miss Jessica!«

Der Catcher, der seinen Skelett-Anzug gegen einen schwarzen Trainingsanzug vertauscht hat, dreht auf den Absätzen um, aber seine Managerin schiebt ihn nach vorn. »Lass den Unsinn, Monster! Oder sollen die Reporter schreiben, dass du Reißaus vor dieser halben Portion genommen hast?«

»Ich hätte nichts dagegen!«, ruft der Catcher von Chicago.

»Möchtegern!«, schimpft Jessica.

»Zicke!«, murmelt Bogey.

Das Monster aus Miami lässt sich auf einen freien Stuhl fallen, seine Managerin bestellt zwei große Frühstücke mit Extra-Aufschnitt für ihren Schützling und einen Pott mit starkem Kaffee. »Und für mich ein Müsli«, beendet sie ihre Bestellung.

Marianne Klever schaltet das Radio ein und belanglose Musik plätschert durch den Raum. Dann kommen der Gong und die Zeitansage. »... und hier noch eine wichtige Meldung«, sagt der Sprecher, »aus dem Gefängnis in Chemnitz ist ein Sträfling entflohen. Benny Bärenmann ist einen Meter achtzig groß, extrem schlank und hat seine Gefängniskleidung gegen einen flaschengrünen Anzug aus einem Modegeschäft eingetauscht. Der Sträfling fährt einen schmutzigen Opel Corsa und wurde zuletzt auf der Straße nach Augustusburg gesehen.«

»Benny Bärenmann? Den kenne ich doch ...«, meint Marianne Klever. »Ist das nicht der Einbrecher, der vor zwei Monaten das Juweliergeschäft ausgeraubt hat? ›Und irgendwann klau ich die Kronjuwelen‹, hat er bei seiner Festnahme gesagt. Sie haben ihm fünf Jahre aufgebrummt, nicht wahr?«

»In der Zeitung steht, dass er süchtig nach Goldschmuck ist! Er hat das Glitzerzeug nicht mal verkauft, lag alles sauber geordnet in seinen Schubladen!«, antwortet Nicki.

»Der will bestimmt zur tschechischen Grenze«, meint Markus.

»Wer weiß?«, widerspricht das Mädchen.

Die Catcher haben kaum hingehört, sie sind viel zu sehr mit ihrem üppigen Frühstück beschäftigt. Nur Jessica hat kurz aufgeblickt.

»Vielleicht will er sich den Kampf ansehen«, meint das Monster aus Miami. Anscheinend hat er doch mitbekommen, was der Nachrichtensprecher gesagt hat. Er kichert durch seine vorstehenden Schneidezähne. »Leider wird's keine große Sause! Das Leichtgewicht hau ich mit einem Schlag aus dem Ring!«

Bogey wischt sich die Schlagsahne von der Oberlippe. »Ich glaub, du hast ein Ei zu viel gegessen! Bevor der Gong zur zweiten Runde ertönt, liegst du auf den Brettern! Stimmt's, Johnny?«

»Hoffentlich kann ich mich so lange bremsen«, meint der Catcher von Chicago cool. Er beißt in ein Brötchen mit Butterkäse.

44

Das Monster aus Miami schießt mit hochrotem Kopf von seinem Stuhl hoch. »Wasserbüffel!«, schimpft er wütend. »Komm doch her, dann zeig ich dir, wer auf die Bretter geht! Oder bist du zu feige?«

»Nicht hier, Monster!«, hält Jessica ihren Schützling zurück.

»Aber er hat mich beleidigt!«

»Er will dich reizen, damit du die Beherrschung verlierst«, klärt die Managerin ihn leise auf. »Er will, dass du Kleinholz aus dem Lokal machst! Dann haben wir die Presse gegen uns und die Leute feuern nur ihn an! Fall nicht auf diese billigen Tricks rein!«

»Er braucht eins auf die Lippe!«

»Alles zu seiner Zeit, Monster!«, sagt Jessica warnend.

Das Monster aus Miami setzt sich wieder hin und schlürft den heißen Kaffee in sich hinein. Seine Managerin blättert in ihrem Terminkalender. »Um zehn Uhr ist Pressekonferenz«, liest sie dem Monster vor, »vergiss nicht deinen Skelett-Anzug anzuziehen! Und ohne Frankenstein-Narbe will ich dich auch nicht sehen, verstanden?«

»Geht klar, Miss Jessica!«

Die Managerin wartet, bis die Konkurrenz mit sich selbst beschäftigt ist, und fährt leise fort: »Und denk immer dran, was ich dir gesagt habe: Ordentlich Rabbatz machen, aber erst, wenn die Presse dabei ist! Zeig den Leuten, dass du der Stärkere bist!«

»Bin ich doch auch, oder?«

»Natürlich, Monster«, sagt Jessica rasch, »aber lass dich nicht provozieren, hörst du?«

»Provozieren?«

»Reizen«, erklärt die Managerin geduldig. »Du

45

musst cool bleiben, hast du mich verstanden? Erst im Ring darfst du explodieren! Ich will, dass du die halbe Portion windelweich prügelst!«

Das ist die Sprache, die das Monster aus Miami versteht. »So haben wir gewettet, Miss Jessica!«, meint der Catcher strahlend. »Wir gewinnen den schönen Pokal und sind beide stinkreich!«

»Endlich verstehst du mich«, sagt die Managerin leise. Ihr hinterhältiges Grinsen deutet an, dass ihre Gedanken noch weiter gehen. Sie will den kostbaren Pokal verkaufen und den größten Teil der Verkaufssumme in ihre eigene Tasche stecken. Dann will sie den Job an den Nagel hängen und irgendwo auf einer Karibikinsel faulenzen.

Aber von diesen Plänen weiß niemand etwas. Schon gar nicht das Monster, das Zeter und Mordio schreien würde, wenn es seiner Managerin auf die Schliche käme. Der Catcher mit den roten Strubbelhaaren ist seiner Managerin treu ergeben und hofft insgeheim, dass sie ihn heiratet, wenn er wieder Weltmeister geworden ist. Aber da hat er sich gründlich geschnitten.

»He, seht mal!«, sagt Mandy leise. Sie deutet zu den beiden Ecktischen hinüber, an denen es plötzlich verdächtig still geworden ist. Das Monster aus Miami und die rothaarige Lady sind in Gedanken versunken, der Mann mit dem Hut hat sich eine Zigarre angezündet und pafft nachdenklich vor sich hin und der Catcher von Chicago grinst verschmitzt. »Der hat irgendwas vor!«

»Der Catcher von Chicago?«, fragt Markus leise. »Glaub ich nicht! Der ist viel zu nett um eine Schweinerei durchzuziehen!«

»Er will dem Monster eins auswischen!«, flüstert Mandy. »Weil es so gemein zu ihm war! Keine Schweinerei! Nur ein Streich!«

»Woher willst du das wissen?«

»Ich hab gute Augen. Seht ihr die Spinne?«

Jetzt erkennen auch die anderen Kinder, dass Johnny sich wie ein Lausbub benimmt. Er hält eine eklige Spinne in der Hand, ein schwarzes Gummiding, das man auf jedem Jahrmarkt kaufen kann. Das Krabbeltier hängt an einem Schlauch, durch den man Luft pumpen kann, und kriecht langsam auf das Monster zu.

Es ist verdächtig still im Restaurant geworden, sogar Marianne Klever hat ihre Arbeit unterbrochen. Die Kinder starren wie gebannt auf die schwarze Spinne, die nur noch wenige Zentimeter vom dicken Oberschenkel des Monsters entfernt ist. Der Catcher hat keine Ahnung und beißt gedankenverloren in sein Käsebrötchen. Jessica hat sich in ihren Terminkalender vertieft. Bogey hat sich hinter einer dichten Rauchwolke versteckt und sieht gar nichts.

»Gleich!«, flüstert Mandy in stiller Vorfreude.

Die Gummispinne kriecht auf den Oberschenkel des Monsters und krabbelt über seinen dicken Bauch nach oben. Dann landet sie auf dem Teller, mitten auf dem Schweizer Käse. Das Monster aus Miami hört zu kauen auf, starrt fassungslos auf das eklige Krabbeltier und springt wie von der Tarantel gestochen vom Stuhl. »Hilfe!«, schreit er in panischer Angst. »Eine Vogelspinne!«

Er schleudert den Tisch zur Seite, trifft die arme Jessica, die kreischend von ihrem Stuhl fliegt, und stampft wie ein aufgebrachter Elefant aus dem Lokal.

»Hilfe!«, schreit er immer wieder. »Sie wollen mich umbringen!«

Das schadenfrohe Lachen der Kinder verfolgt ihn nach draußen. Er rennt über den nassen Schlosshof, bis er ausrutscht und kopfüber in einer großen Pfütze landet. Das Wasser spritzt nach allen Seiten.

Jessica hastet schimpfend hinterher.

»Ich weiß gar nicht, was die beiden haben«, meint der Catcher von Chicago unschuldig und lässt die Spinne in seiner Hosentasche verschwinden. »Hier gibt's doch gar keine Krabbeltiere ...«

Benny in der Waschanlage

»He, das hätte ich nicht besser machen können«, tönt es aus der Computerkasse, als Nicki den Tisch abräumt. »Cooler Typ, dieser Catcher von Chicago! Das Monster aus Miami kann ich sowieso nicht leiden! Wirft glatt mit Jogurtbechern!«

»Stimmt«, antwortet Nicki. »Hast du gerade eben zugesehen?«

Die Ratte meckert leise. »Meinst du, so 'ne Nummer lass ich mir entgehen? Ich war in der Glühbirne, direkt über dem Monster! Ich wär ihm am liebsten selber auf den Teller gesprungen! Wenn die Spinne nicht gekommen wäre, hätte ich 'ne eigene Nummer abgezogen! Eigentlich schade, dass ich nicht loslegen konnte ...«

»Ich denke, du bist in der Karibik!«

»Ich hab Landgang«, antwortet die Ratte, »die *MS Hibiscus* liegt im Hafen von Nassau. Die meisten Passagiere gehen ins Kasino und zocken ordentlich ab! Klar wäre ich gern mitgegangen, aber ich wollte ihnen nicht den Spaß verderben! An den Automaten hätte ich sowieso nur gewonnen und das wär unfair gewesen, oder?«

»Das kann man wohl sagen, Captain!« Nicki bringt die Teller in die Küche und kehrt zur Kasse zurück. »Und wann geht's weiter?«

»Morgen früh«, erwidert Captain Chip, »aber ich weiß noch nicht, ob ich zurückgehe. Ich hab Angst hier was zu verpassen! Sieht ganz so aus, als käme es morgen zu einem spannenden Kampf!«

»Das kann man wohl sagen. Chip?«

Stille.

»He, Chip! Bist du noch da?«

»Ich glaub, da passiert 'ne Schweinerei!«, kommt es flüsternd aus der Computerkasse. »Drüben im Hotel! Mir war gerade so, als hätte ich den Safe knacken hören! Klingt sehr verdächtig ...«

»Du meinst, weil einer am Schloss dreht?« Nicki winkt ab. »Das ist bestimmt Herr Dobrisch! Der kennt die Geheimzahl! Er öffnet den Safe alle paar Stunden und verschließt Geld für Hotelgäste.«

»Das klingt anders, Schwester!«

»Sag bloß, du erkennst am Knacken, wer den Safe aufschließt! Mit der Nummer kannst du im Fernsehen auftreten!« Sie überlegt. »Vielleicht ist seine Frau dran, die kennt die Geheimzahl auch!«

»Da dreht einer viel zu lange«, erkennt die coole Ratte. »Zwei Zahlen nach links, vier Zahlen nach rechts und wieder nach links. Da probiert einer rum! Ein Safeknacker, der sich mit komplizierten Schlössern auskennt! Ein Gauner wie Benny Bärenmann!«

»Der ist gerade aus dem Gefängnis geflohen!«

»Eben!«

»Kannst du das Schloss sperren?«

»Jetzt nicht mehr«, sagt die coole Ratte, »er hat die Tür schon offen! Zu blöd, dass ich den Kerl nicht sehen kann!« Sie brummt einen Fluch, der nur für Rattenohren bestimmt ist. »Lauft schon mal rüber! Ich hol inzwischen die Polizei! Beeilt euch, dann erwischen wir den Schurken noch! Ich lass mir was einfallen, okay?«

»Aye, Captain!« Nicki wendet sich an ihre Freunde. »Habt ihr gehört? Chip hat mitbekommen, wie jemand den Safe aufgebrochen hat! Wir müssen dem Kerl den Weg abschneiden ...«

»Chip? Ist das wieder diese komische Ratte?«, fragt Marianne Klever kopfschüttelnd. »Ich muss schon sagen, ihr habt eine seltsame Fantasie!« Sie blickt den Kindern hinterher, die aus dem Lokal laufen. »Am helllichten Tag knackt doch niemand den Safe!«

Der Catcher von Chicago sieht sie fragend an. Auch sein Manager weiß nicht, was er von der Sache halten soll. »Was für eine Ratte?«, fragt er verwundert. »Und woher weiß das Mädchen, dass jemand den Safe geöffnet hat? Ich muss schon sagen, hier passieren seltsame Dinge! Heute Nacht hat ein Unsichtbarer unseren Cadillac gefahren! Er hat mir geholfen diese ungezogenen Bengel zu schnappen! Ich hab mich schon gewundert!«

»Bestimmt der Schlossgeist«, erwidert Marianne Klever mit einem schelmischen Lächeln. »Hier gibt's jede Menge Geister!«

»Sogar eine Geisterspinne«, meint Johnny grinsend.

Draußen erklingt eine Polizeisirene. Ein Streifenwagen kommt durch das Südtor geschossen und hält mit quietschenden Reifen vor dem Hoteleingang. Alois Bundhammer springt heraus und fuchtelt mit einem Schlagstock herum. »Wo steckt der Dieb?«, ruft er so laut, dass sein Schnauzbart zittert. »He, wo seid ihr alle?«

Er stürmt in den Hotelflur und rennt beinahe die Kinder über den Haufen. Martin Dobrisch, der Hotelbesitzer, ist bei ihnen und blickt sorgenvoll zum

Empfang hinauf. »Zu spät«, hält er den Polizisten zurück, »der Kerl ist längst über alle Berge! Nur seltsam ...«

»Was?«, fragt Alois Bundhammer.

»Er hat nur den Pokal mitgenommen«, fährt Markus' Vater fort, »den teuren Pokal, den der Weltmeister im Catchen bekommen soll! Das Geld hat er im Safe gelassen! Über viertausend Mark!«

»Hat jemand den Kerl gesehen?«

»Als ich kam, war er schon weg«, berichtet der Hotelbesitzer. »Und Sebastian«, fügt er lächelnd hinzu, »hat noch geschlafen!«

»Wir haben auch niemanden gesehen«, sagt Markus laut.

»Er kann sich doch nicht in Luft auflösen ...«

»Vielleicht doch«, meint Nicki leise.

»Red keinen Unsinn!«, weist der Polizist sie zurecht. Er zieht seine Pistole. »Er hat sich bestimmt im Treppenhaus versteckt!«

Martin Dobrisch drückt die Hand mit der Pistole nach unten. »Immer langsam, Alois, sonst geht das Ding noch los! Wir haben das ganze Haus abgesucht! Der Typ ist längst über alle Berge!«

»Na, schön!« Alois Bundhammer schnauft erleichtert. »Dann hol ich jetzt die Kollegen von der Spurensicherung. Das war bestimmt dieser Benny Bärenmann! Die Fahndung läuft auf Hochtouren, der geht uns bestimmt nicht mehr durch die Lappen!«

Während der Polizist und Martin Dobrisch zum Empfang hinaufsteigen, winkt Nicki ihre Freunde zur Kellertür. »Der hat sich bestimmt in den Geheimgang verkrümelt«, sagt sie mit gedämpfter Stimme.

Der Geheimgang ist ein unterirdischer Gang unter

dem Westflügel, der in den Wald führt, fast bis nach Erdmannsdorf hinunter, und in einen Abwasserkanal mündet. August der Starke, der vor einigen Jahrhunderten auf Schloss Augustusburg wohnte, benutzte ihn als Fluchtweg, wenn er von feindlichen Truppen angegriffen wurde.

Über eine schmale Wendeltreppe steigen die Kinder in den Keller hinunter. Vor der schweren Holztür bleiben sie stehen. An der Klinke hängen keine Spinnweben, vielleicht ein Zeichen dafür, dass sie vor wenigen Minuten benutzt wurde. Eine kleine Maus huscht über den steinernen Boden und verschwindet hinter einer Kiste. Durch das schmutzige Kellerfenster fällt trübes Licht.

»Das ist viel zu gefährlich!«, will Serkan seine Freunde zurückhalten. »Benny Bärenmann ist ein Profi! Der fackelt bestimmt nicht lange! Der schießt uns über den Haufen, wenn er uns entdeckt!«

»Unsinn!«, widerspricht Markus seinem Freund. »Ich glaub, der hat nicht mal eine Pistole! Ich leg die Polizei auch ohne Knarre aufs Kreuz, sagt er, der schießt nicht!«

»Aber er ist gefährlich!«

»Keine Bange!«, beruhigt Fabio den ängstlichen Freund. Er holt einen Gegenstand aus der Tasche. »Ich hab das Handy von meinem Vater dabei! Wenn er uns dumm kommt, ruf ich die Polizei!«

»Außerdem ist die coole Ratte in der Nähe«, weiß Nicki.

Markus öffnet die schwere Holztür. Er betritt den feuchten Gang und stapft durch die Pfützen, die sich auf dem Boden gesammelt haben. In die Felswand sind schwache Notlichter eingelassen, die trübe flackern. Die anderen Kinder folgen dem Jungen. Ihre Schritte hallen dumpf durch den Gang.

Plötzlich sehen sie einen Schatten. Ein mächtiger Mann sitzt auf einer kleinen Treppe und starrt in die Dunkelheit. Kein Dieb, auch kein Gespenst, sondern das Monster aus Miami. Der Catcher hat sein Kinn in beide Hände gelegt und summt ein Lied.

»Ich werd verrückt«, stößt Nicki hervor, »der Catcher!«

Das Monster schreckt hoch und will in panischer Angst davonlaufen. Gerade noch rechtzeitig erkennt er die Kinder. Seine Miene entspannt sich. »He, was macht ihr denn hier unten?«

»Das wollten wir Sie gerade fragen«, erwidert Nicki.

»Ich meditiere«, erklärt der Catcher mit dem roten Strubbelhaar, »jeden Morgen. Zwei Stunden lang. Ich singe indianische Geisterlieder und sammle Kraft für den großen Kampf. Damit ich mental voll da bin, versteht ihr? Ich hab die Holztür gesehen und dachte mir, dahinter gibt's bestimmt eine ruhige Ecke für mich!«

»Das ist ein Geheimgang!«

»Dachte ich mir«, erwidert der Catcher grinsend.

»Ist jemand vorbeigekommen?«, fragt Nicki.

»Nee, hier war's mucksmäuschenstill.«

Die Kinder gehen ein paar Schritte und bleiben nachdenklich stehen. »Dann hat sich der Dieb wahrscheinlich doch in Luft aufgelöst«, meint Nicki enttäuscht. »Oder er war schneller als wir!«

Das Handy klingelt. »Für dich, Nicki«, sagt Fabio.

»Hallo, Schwester«, meldet sich die coole Ratte. Es rauscht im Hörer und sie ist ziemlich schwer zu verstehen. »Ich fahr in einem schmutzigen Opel Corsa spazieren! Hab mich im Handy von Benny Bärenmann versteckt, der Typ hat an alles gedacht! Ich glaube, das Teil gehörte einem Wärter! Wir stehen an der Tankstelle in Erdmannsdorf und wenn ihr euch beeilt, stellen wir den Typ und übergeben ihn der Polizei! Einverstanden?«

»Aye, Sir! Sind voll auf Kurs!«

»Chip hat ihn!«, jubelt Nicki. Sie erzählt den anderen Kindern, was die coole Ratte gesagt hat, und rennt mit ihnen zum Ausgang. Auf Zehenspitzen stapfen sie durch die schmutzige Brühe im Abwasserkanal. Sie hasten durch den Wald und erreichen die Hauptstraße in Erdmannsdorf. Bis zur Tankstelle sind es knapp hundert Meter. Das Neonschild leuchtet im trüben Morgenlicht.

Neben der Einfahrt bleiben sie stehen. Sie sehen den schmutzigen Opel Corsa vor den Zapfsäulen und erkennen den Dieb in seinem flaschengrünen Anzug. Er tankt den Wagen voll und gibt sich selbstsicher wie Al Capone in seinen besten Jahren. Vor der Polizei scheint er keine Angst zu haben.

»Ruf die Polizei an!«, fordert Nicki den italienischen Jungen auf.

Fabio zieht sich mit seinem Handy in einen Hauseingang zurück und wählt die Notrufnummer. Die anderen Kinder beobachten staunend, wie Benny Bärenmann in seinen Opel Corsa steigt und mit Affenzahn davonbraust. Ohne zu bezahlen natürlich.

Aber der Gauner hat die Rechnung ohne die coole Ratte gemacht! »He«, meldet sie sich aus dem Autoradio, »du willst doch nicht mit diesem schmutzigen Wagen zur Polizei fahren, oder?«

Benny Bärenmann tritt vor Schreck auf die Bremse. Er fliegt nach vorn und hat es nur dem Sicherheitsgurt zu verdanken, dass er nicht durch die Windschutzscheibe fliegt. »Wie bitte?«, fragt er entsetzt. »Wer bist du?« Er blickt in panischer Angst nach hinten.

»Da staunst du, was?«, tönt die coole Ratte. »Ich bin Captain Chip von der *MS Hibiscus* und hab gerade Landurlaub. Schon mal von meinem Kahn gehört? So ein sauberes Schiff gibt es in der ganzen Karibik kein zweites Mal und ich hab keine Lust mir den Landgang von einer verdreckten Karre wie dieser verscherzen zu lassen! Wie wär's mit 'nem Trip durch die Waschanlage?«

Bevor der Dieb sich von seinem Schrecken erholt hat, steckt Chip bereits in der Lenkung. Mit ein paar geschickten Handgriffen bringt er den schmutzigen Wagen auf neuen Kurs und steuert in die Waschanlage. Die Bürsten legen sich um den kleinen Wagen.

»Ich will aber nicht in die Waschanlage!«, schreit Benny Bärenmann. Leider hört ihn niemand und Chip kümmert sich nicht um seine flehenden Rufe.

»Lasst mich raus! Ich will weg! Hilfe!«

Gnadenlos nehmen die nassen Bürsten den Wagen in die Zange. Der Dieb sitzt in der Falle. Er muss hilflos mit ansehen, wie sein schmutziger Wagen gewaschen und auf Hochglanz gebracht wird. »Das tut gut, nicht wahr?«, ruft Chip.

Erst als der Wagen wie neu glänzt, gehen die Bürsten nach oben. Benny Bärenmann springt nach draußen und läuft den wartenden Polizisten in die Arme. »Captain Chip hat mich in eine Falle gelockt!«, nervt er die Beamten. »Er hat mich reingelegt!«

»Schon gut«, meint der Polizist, der ihm die Handschellen anlegt. Er wechselt einen viel sagenden Blick mit seinen Kollegen und verdreht die Augen. »Im Knast warten sie schon auf dich!«

Benny Bärenmann wird abgeführt und ein Polizist bedankt sich bei den Kindern. »Das habt ihr gut beobachtet«, sagt er, »aber den Pokal haben wir nicht bei ihm gefunden!«

»Komisch«, staunt Nicki, »aber wer hat ihn dann geklaut?«

Schlacht auf dem Schlosshof

Um zehn Uhr wimmelt es auf dem Schlosshof von Menschen. Über zwanzig Reporter, drei Fernsehteams und viele Schaulustige wollen bei der Pressekonferenz dabei sein. Sie drängen sich um die hölzerne Bühne und blicken erwartungsvoll auf den Hoteleingang. Kostenlose Proben der Sponsoren werden verteilt: blaue Energy-Drinks von Blue Tiger, knusprige Cornflakes von Sauer, leckere Panther-Schokoriegel und kraftvoller Miami-Jogurt mit Heidelbeeren. Aus den Boxen dringt die Hymne, die den Kampf am Sonntag eröffnen wird: »Leg dich auf die Bretter, Baby!«

»Die machen es aber mächtig spannend«, staunt Mandy. »Und alles nur wegen diesem blöden Ringkampf?« Sie kann Catchen nicht leiden.

»Ringkampf?« Markus kann sich ein Grinsen nicht verkneifen. »Mit Ringkampf hat das wenig zu tun! Catcher gehen wie tobende Nilpferde aufeinander los! Die halten sich nicht an Regeln!«

»Du meinst, die dreschen so lange aufeinander ein, bis einer von ihnen am Boden liegt?« Mandy kann es nicht glauben.

»So ungefähr«, erwidert Markus lachend. »Aber keine Bange, meistens tun sie nur so als ob! Catchen ist nur Show! Richtig weh tun sich Catcher nur, wenn sie aus Versehen zu fest zuschlagen!«

»Oder wenn's ernst wird«, mischt Fabio sich ein.

Er hat sich die letzte Meisterschaft im Fernsehen angeschaut. »Wenn's um einen teuren Pokal geht, kennen sie nichts! Dann hauen sie richtig zu! Das Ding ist zehntausend Dollar wert!«

»Aber der Pokal ist verschwunden«, erinnert Markus. »Möchte wissen, wer ihn geklaut hat! Den finden sie doch nie wieder!«

Ein geschäftiger Typ der World Wrestling League kommt aus dem Hotel und greift sich einen Energy-Drink. Er nimmt einen großen Schluck und springt auf die Bühne. »Hallihallo«, ruft er den Leuten mit einem breiten Lächeln zu, »einen wunderschönen guten Morgen! Die World Wrestling League begrüßt Sie zur Weltmeisterschaft im Catchen auf Schloss Augustusburg! Morgen Mittag um zwölf Uhr wird sich zeigen, ob der alte Champion seinen Titel verteidigen kann oder ob der goldene Gürtel und der teure Pokal an den Herausforderer gehen!« Er räuspert sich verlegen.

»Leider hat es ein kleines Malheur gegeben!« Sein Lächeln wirkt gequält. »Wie Sie sicher gehört haben, hat ein unbekannter Dieb unseren Pokal gestohlen! Das kostbarste Stück, das jemals von unserem Verband verliehen wurde! Aber die Polizei sucht fieberhaft danach und wir sind guten Mutes, dass wir den Pokal rechtzeitig zur Preisverleihung zurückhaben werden!« Er verrät den Zuhörern nicht, dass sonst eine billige Nachbildung verliehen wird. »Meine Damen und Herren vom Fernsehen und von der Presse, helfen Sie uns den Dieb aufzuspüren! Es darf nicht sein, dass so ein gemeiner Kerl frei herumläuft! Der Ganove gehört hinter Gitter!«

Eine laute Fanfare erklingt und der Mann erhebt

seine Stimme. »Meine Damen und Herren, es ist soweit! Hier ist der Weltmeister der World Wrestling League! Hier ist der Champion aller Champions! Aus dem sonnigen Miami: der Mann mit dem goldenen Gürtel! Der Schrecken aller Gegner! Der Mann, der morgen seinen Titel verteidigen will: das Monster aus Miami!«

Die Fanfare wird noch lauter und die Hoteltür geht auf. Das Monster aus Miami stapft auf den Schlosshof und erklimmt die Stufen zu der Bühne. Der Catcher sieht zum Fürchten aus. Über seinem schwarzen Skelett-Anzug weht ein schwarzer Mantel, der mit dem silbernen M des Monsters bestickt ist. Die Frankenstein-Narbe in seinem Gesicht leuchtet und seine roten Strubbelhaare stehen nach allen Seiten weg. Hinter ihm stöckelt seine Managerin auf die Bühne.

Tosender Beifall brandet auf, besonders von den Fans des Monsters, die in einem Bus aus Chemnitz gekommen sind. »Das Monster aus Miami!«, wiederholt der Vertreter der World Wrestling League. »Der Weltmeister im Catchen!« Die Fanfare wechselt und er holt tief Luft. »Meine Damen und Herren! Und hier ist der Herausforderer! Der tapfere Mann, der dem Monster den Titel wegnehmen will: Aus der Stadt von Al Capone und Magic Johnson: der Schrecken der Unterwelt! Der Catcher von Chicago!«

Die Hoteltür wird aufgestoßen und der Catcher von Chicago tritt in den Sonnenschein. Mit einem überlegenen Lächeln betritt er die Bühne. Er trägt einen hellblauen Ringeranzug und einen weiten Mantel, auf den ein goldenes C gestickt ist. Seine wirren Haare werden von einem blauen Stirnband gebändigt. Auf seinen Wangen leuchten hellrote Blitze. Er sieht viel zu freundlich für einen Catcher aus, auch wenn er versucht ein besonders grimmiges Gesicht zu machen. Hinter ihm stolziert Bogey, die Hände in seinen Trenchcoat vergraben.

»Ich werde siegen!«, ruft der Catcher von Chicago seinen Fans zu. Dazu gehören auch die Schlosskinder, die ihm begeistert zujubeln und sogar von einer Fernsehkamera aufgenommen werden. »Ich werde das schwache Monster in die Erde stampfen!«

»Was willst du?«, braust sein Gegner auf. »Du halbe Portion willst mich besiegen? Hahaha, dass ich nicht lache! Ich bin schon mit anderen Angebern fertig geworden! Eher schickt mich das kleine Mädchen auf die Bretter!« Er deutet auf Mandy.

»Ich?« Mandy läuft rot an und versteckt sich hinter Markus.

»Noch ein Wort und ich schick sie hoch!«, tönt der Junge mutig. »Mandy ist stärker als ein Nashorn! Die haut dich windelweich!«

Alle Zuschauer lachen und die Fernsehkameras weiden sich an dem verlegenen Gesicht des Monsters. Der Catcher von Chicago lacht schadenfroh. »Lass den Blödsinn!«, faucht Jessica hinter dem Rücken ihres Schützlings.

»Aber ich hab gedacht ...«

»Ich hab dir schon mal gesagt, dass du das Denken mir überlassen sollst! Die Presse mag es nicht, wenn ein starker Mann wie du sich über ein kleines Mädchen lustig macht. Hast du kapiert?«

»Ich hol jedes Nashorn von den Hufen!«, prahlt er.

»Und ich nehm einen Elefanten in den Schwitzkasten!«, kontert der Catcher von Chicago. »Ich drücke einen Wal so lange unter Wasser, bis er keine Luft bekommt! Ich nehm's sogar mit Aliens auf!«

»Tust du nicht!«

»Tu ich doch!«

Das Monster aus Miami wird wütend und schnappt sich einen Jogurt. Wütend schleudert er den Becher nach seinem Widersacher. Das Ding zerplatzt und der Inhalt landet in den Haaren des Catchers von Chicago.

Johnny schüttelt sich wie ein nasser Hund. »So gehst du mit der Ware deines Sponsors um?«, fragt er vorwurfsvoll. Er schleckt den Jogurt, zerkaut eine Heidelbeere und verzieht das Gesicht. »Iiiieeeh, ist die sauer! Kein Wunder, dass du immer ausrastest!«

»Die ist süß!«

»Die ist sauer!«

Ohne den verzweifelten Blick seiner Managerin zu beachten greift das Monster aus Miami nach dem nächsten Jogurt. Diesmal verfehlt er seinen Gegner. Der Becher fliegt über die Bühne hinweg und knallt mit voller Wucht auf eine Fernsehkamera.

Der Kameramann rastet aus. »He, du versaust mir mein ganzes Bild!«, tobt er. Er greift nach einem Energy-Drink und schleudert die Dose nach dem Monster. Sie fliegt dicht an dessen Kopf vorbei und klatscht gegen die Schlosswand. Zischend öffnet sich der Verschluss. Die blaue Flüssigkeit spritzt nach allen Seiten und ergießt sich wie ein Schauer über das Monster aus Miami. Es regnet Blue Tiger.

Auch Jessica bekommt eine Ladung ab. Der klebrige Energy-Drink tropft auf ihr teures Kostüm. Jetzt ist sie nicht mehr zu halten. Sie krallt sich einen Schokoriegel und wirft ihn ins Publikum. Das Ding trifft einen Fotografen am Auge. Sein Kollege schnappt sich eine Schachtel mit Cornflakes, springt nach oben und stülpt sie der armen Managerin über die feuerroten Haare.

»Attacke!«, feuert das Monster seine Managerin an.

Eine wilde Schlacht entbrennt. Schokoriegel kommen von allen Seiten geflogen und Cornflakes regnen auf die Leute herab. »Hilfe! Hilfe!«, ruft der Mann von der World Wrestling League erschrocken. Jogurtbecher zerplatzen und es riecht nach Heidelbeeren. Blue Tiger spritzt über den Schlosshof.

Die Fernsehkameras richten sich auf das Monster aus Miami und die wildgewordene Jessica, die schreiend über die Bühne toben. Die Fotoapparate klicken. Sogar der peinliche Augenblick, als das Monster seine Managerin mit einer Reporterin verwechselt und ihr einen Jogurt auf den Bauch drückt, wird im Bild festgehalten.

Im Kampfgetümmel verlieren Markus und Mandy die anderen Kinder aus den Augen. »Schnell! Unter die Bühne!«, ruft Markus.

Der Junge zieht seine Freundin mit sich und flieht aus der Gefahrenzone. »Ins Hotel!« Sie verschwinden im Flur und bleiben schnaufend neben der Treppe stehen. Markus wischt sich ein paar Jogurtspritzer vom Gesicht.

Sie gehen nach oben und treten ans offene Fenster. Die Schlacht ist immer noch in vollem Gange. Irgendjemand hat den Verstärker aufgedreht und »Leg dich auf die Bretter, Baby!« schallt in voller Lautstärke über den Schlosshof. Sie sehen, wie Nicki, Fabio und Serkan zum *Burgfried* flüchten. Auf der

Bühne ducken sich der Catcher von Chicago und sein Manager unter dem Trommelfeuer und selbst in diesem Schlachtenlärm ist zu hören, wie Bogey immer wieder ruft: »Bleib ruhig, Johnny! Wehr dich nicht! Denk an die Fotos, die morgen in der Zeitung sind! Damit machen sie sich zum Affen!«

»Jessica ist weg!«, erkennt Mandy. »Die Managerin!«

Markus entdeckt sie abseits des Getümmels und beobachtet, wie sie sich aus dem Staub macht und zum Hotel rennt. Ein Reporter folgt ihr. Unten klappt die schwere Holztür und Schritte hallen durch den Hotelflur.

»Komm! Wir verstecken uns hinter dem Tresen!«, sagt Markus zu Mandy. Sie laufen zum Empfang und kauern sich unter den Computer. »Die haben bestimmt eine Schweinerei vor!«

»Die wollen sich waschen, was sonst?«, meint Mandy.

Vorsichtig spähen sie aus ihrer Deckung hervor. Jessica und der Reporter, ein spindeldürrer Mann in Jeans und Lederjacke, verschwinden im Zimmer der Managerin. Die Tür klappt hinter ihnen zu. »Möchte wissen, was da abläuft«, flüstert Markus.

»Vielleicht haben sie was miteinander«, überlegt das Mädchen.

»Glaub ich nicht«, erwidert der Junge kopfschüttelnd, »die sahen nicht gerade wie zwei Verliebte aus!« Er blickt zu der geschlossenen Tür hinüber. »Nee, die wollen Johnny eins auswischen!«

»Dem Catcher von Chicago? Einfach so?«

»Weil er cooler ist«, meint der Junge, »auf der Bühne hat er die beiden ganz schön vorgeführt! Der ist vollkommen ruhig geblieben, als die Werferei losging! Was meinst du, was morgen in der Zeitung steht? Und was im Fernsehen kommt? Dass das Monster aus Miami und seine Managerin mit der Werferei angefangen haben! Dann halten alle Leute zu Johnny! Sie müssen was unternehmen, wenn sie die Zuschauer auf ihrer Seite haben wollen!«

»Aber was?«

»Keine Ahnung! Wart's ab!«

Die Zimmertür geht auf und der Reporter kommt heraus. Er trägt einen prall gefüllten Stoffbeutel in der Hand. »Meinetwegen, Jessica«, sagt er leise, »aber ich bekomme die Story, okay?«

»Keine Angst, Tobias! Hauptsache, du erledigst den Job! Bring das Ding hin und komm wieder zurück, damit wir den Rest erledigen können!«

»Du verlangst ganz schön viel!«

Jessica grinst verschlagen. »Dafür bekommst du das heißeste Foto des Jahres, vergiss das nicht! Wenn der Dödel aufwacht, stehst du daneben und schießt dein Foto. ›Reporter ertappt gemeinen Langfinger auf frischer Tat!‹ Na, wie hört sich das an?«

»Nicht übel«, muss Tobias zugeben, »aber es ist gefährlich!«

»Und wenn schon! Beeil dich, Mann!«

Der Reporter läuft mit dem Beutel davon und Jessica verschwindet grinsend in ihrem Zimmer. Markus und Mandy beobachten, wie Tobias das Hotel verlässt.

»Na, was hab ich gesagt?«, sagt Markus leise. »Die haben irgendeine Schweinerei vor! Komm, wir verfolgen diesen Tobias!«

Tobias nimmt ein Zimmer

 Wie ein Wiesel huscht der Reporter über den Schlosshof. Er hält den Beutel mit dem geheimnisvollen Inhalt fest unter den rechten Arm geklemmt und schaut weder links noch rechts, als er über den Schlosshof rennt. Die Schlacht ist immer noch in vollem Gange.

Markus und Mandy sind dem Reporter dicht auf den Fersen.

Auf dem Parkplatz beobachten sie, wie Tobias in einen dunkelroten Kombi steigt und den Beutel auf den Beifahrersitz wirft. Hastig startet er den Motor. Er fährt rückwärts aus der Parklücke und tuckert die kurvenreiche Bergstraße hinab. »Den sind wir los!«, meint Markus enttäuscht.

»Mit den Fahrrädern vielleicht!«

»Vergiss es!«

Sie merken sich die Autonummer, damit Nicki sie an die coole Ratte weitergeben kann, und wollen gerade umkehren, als ohrenbetäubender Lärm durch den Wald dringt. Ein heftiges Krachen, knirschendes Blech und klirrendes Glas, lauter als das Kampfgetöse auf dem Schlosshof. Irgendjemand flucht wütend.

Die Kinder bleiben erschrocken stehen.

»Ein Unfall!«, erkennt Markus.

Sie drehen um, laufen durch den Wald nach unten und erreichen den dunkelroten Kombi, der sich wie ein nasses Handtuch um eine schlanke Tanne gewickelt hat. Die offene Kühlerhaube schaukelt im Wind und die Windschutzscheibe ist in tausend Scherben zersprungen. Aus dem Motor steigt zischender Dampf.

»Mann, der hatte es aber eilig!«, staunt Markus.

»Hoffentlich ist ihm nichts passiert!«, sagt Mandy ängstlich.

Die Tür des Wracks springt auf und poltert auf den Asphalt. Der Reporter quält sich stöhnend aus dem zerstörten Auto. Er bleibt schwankend stehen. Als er sieht, dass einige Leute aus den Häusern kommen und sich neugierig nähern, greift er nach dem Beutel und rennt davon.

»Hinterher!«, fordert Markus Mandy auf.

Sie folgen dem Reporter die Böschung hinunter und durch eine schmale Gasse. Er hält den Beutel ängstlich an sich gepresst, lässt ihn nicht einmal fallen, als er stolpert und gegen eine Hauswand prallt. Anscheinend war der Unfall doch heftiger, als er gedacht hat. Er hält sich den schmerzenden Kopf, wartet einen Augenblick und torkelt auf die Hauptstraße zu.

Markus bleibt an einer Hausecke stehen. »Er nimmt den Bus«, sagt er zu Mandy. »Jetzt kann er uns nicht mehr entwischen!«

Ohne zu überlegen laufen die Kinder über den Zebrastreifen. Sie bleiben einige Meter von dem Reporter entfernt an der Bushaltestelle stehen und beobachten aus den Augenwinkeln, wie er sich auf die Bank setzt und den Kopf in beide Hände stützt. Den Beutel hält er fest im Arm. Er schließt die Augen und öffnet sie erst, als der Bus kommt und mit quietschenden Bremsen hält.

Hinter dem Reporter steigen die Kinder in den Bus. Markus löst zwei Fahrscheine und setzt sich zu Mandy auf die letzte Bank. Von dort haben sie den besten Überblick. Tobias sitzt einige Reihen vor ihnen und erholt sich langsam wieder. »Muss eine ziemlich wichtige Sache sein, wenn er sein Auto stehen lässt«, flüstert Markus, »der wollte bestimmt nicht, dass ihn die Polizei verhört! Möchte wissen, was er in dem komischen Beutel hat ...«

»Einkaufen war er jedenfalls nicht«, meint Mandy leise.

»Die planen ein krummes Ding, jede Wette!«, erwidert der Junge. »Hast du gehört, was diese Jessica gesagt hat? Wenn er den Job erledigt, bekommt er das heißeste Foto des Jahres! Er soll irgendeinen Langfinger auf frischer Tat ertappen! Ob heiße Ware in dem Beutel ist? Aber dann hätten sie das Zeug selber geklaut! Mann, was hat das alles zu bedeuten?«

Mandy weiß es nicht. Sie bereut schon fast, dass sie mitgegangen ist. »Vielleicht eine ganz harmlose Sache«, meint sie. »Komm, wir steigen lieber aus, bevor er uns auf die Schliche kommt!«

»Hast du etwa Angst?«

»Ein bisschen«, gibt Mandy zu.

»Quatsch! Die Sache ziehen wir jetzt durch!« Markus fühlt sich plötzlich sehr stark. »Tobias hat uns nicht gesehen. Der merkt nicht, dass wir ihn verfolgen! Und wenn doch, tun wir einfach so, als hätten wir denselben Weg. He, ich glaube, er will aussteigen!«

Der Reporter ist aufgestanden und steht an der Tür. »Nächste Haltestelle: Flöha!«, sagt der Busfahrer durch. Die Kinder warten, bis ein älteres Ehepaar und ein junger Mann zur Tür gegangen sind, und bleiben hinter ihnen, damit Tobias nicht auf sie aufmerksam wird. Aber der Reporter hat sie nicht bemerkt und schaut sich nicht einmal um.

Sie sind in Flöha gelandet, einer kleinen Kreisstadt, nur ein paar Kilometer von Schloss Augustusburg entfernt. Auf dem Marktplatz herrscht buntes Treiben. Es ist gerade Markttag und vor den Ständen der Bauern drängen sich die Hausfrauen. Die beiden Kinder verstecken sich hinter einem geparkten Auto und beobachten, wie Tobias den Marktplatz überquert und in einer Gasse verschwindet.

»Von der Zeitung in Flöha ist er nicht«, sagt Markus, als sie ihn verfolgen, »die Reporter kenne ich alle.« Auf dem Schloss steigen öfter mal berühmte Leute ab und die Zeitungsleute lassen sich alle paar Tage dort blicken. »Der kommt aus Chemnitz oder Dresden!«

Die Gasse führt an einem befestigten Bach entlang. Vor einem der alten Fachwerkhäuser steht ein Möbelwagen und kräftige Männer tragen einen Schrank ins Treppenhaus. Markus und Mandy machen einen Bogen um den großen Laster und folgen dem Reporter zur nächsten Straßenecke. Als Tobias sich umdreht, bleiben sie scheinbar gelangweilt am Bachufer stehen.

»Puh, das war knapp!«, seufzt Mandy.

»Er hat ein schlechtes Gewissen«, sagt Markus.

Sie warten, bis der Reporter weitergeht, und folgen ihm bis zu einer kleinen Pension. *Zur weißen Taube* steht auf dem Schild, das über dem Eingang baumelt. Auf einem Gerüst, das bis zum Dach hinaufreicht, stehen einige Arbeiter in weißen Overalls und strei-

69

chen die Hauswand. Die Kinder huschen durch die offene Eingangstür und bleiben mit angehaltenem Atem im Flur stehen.

»Und für wie lange möchten Sie das Zimmer?«, erklingt eine Frauenstimme. »Ab drei Nächten kann ich Ihnen einen Sonderpreis ...«

»Nur bis morgen früh«, unterbricht Tobias die Frau.

»Und auf welchen Namen?«

»Catcher von Chicago«, erwidert der Reporter.

Die Kinder blicken einander erstaunt an. Sie verstecken sich hinter der Treppe, die steil nach oben führt, und lauschen weiter angestrengt.

Warum gibt der Reporter den Namen des Catchers an?, überlegt Markus. Warum mietet er ein Zimmer? Warum hat er es so eilig?

Sie hören, wie ein Schlüssel auf den Tisch gelegt wird. »Und Sie haben kein Gepäck dabei?«, fragt die junge Frau verwundert.

»Nur den Beutel«, antwortet Tobias mürrisch.

»Zimmer 2 im ersten Stock, mein Herr!«

Der Reporter bedankt sich und verschwindet in seinem Zimmer. Auch die Frau geht davon. Die Kinder verlassen schnell das Haus und bleiben unter dem Baugerüst stehen. Über ihnen sind die Anstreicher zu sehen. Sie unterhalten sich angeregt über ein Fußballspiel, bis einer durch ein Fenster deutet und sagt: »He, schaut euch das an, der dürre Kerl hat nur einen Beutel dabei!«

»Tatsächlich«, erwidert ein anderer Arbeiter, »möchte wissen, was er da mit sich rumschleppt!« Einige Sekunden Pause und dann: »Ich glaub, ich spinne! Das ist ein Pokal, ein goldener Pokal!«

»Was will er denn damit?«, meint der erste Arbeiter. »Für *Dynamo Dresden* ist der bestimmt nicht! Ich glaube, die steigen wieder ab!«

»Der Pokal!«, erschrickt Mandy. »Er hat den Pokal gestohlen!«

Markus kann es nicht glauben.

Er blickt seine Freundin erstaunt an und starrt wieder nach oben. »Das muss ich sehen«, sagt er ungläubig. Bevor Mandy ihn zurückhalten kann, klettert er zu den Anstreichern hinauf. Er hält sich an dem stählernen Gerüst fest und wird erst entdeckt, als er auf dem obersten Brett auftaucht.

»Was willst du denn hier?«, wundert sich ein Arbeiter. »Hier ist kein Platz für Kinder! Viel zu gefährlich! Steig wieder nach unten!«

»Ich möchte mir nur mal den Pokal ansehen«, bittet Markus.

Die Arbeiter lassen sich erweichen und stützen den Jungen, als er in das Hotelzimmer schaut und den funkelnden Pokal auf dem Bett liegen sieht. Tobias will gerade das Zimmer verlassen. Leider dreht er sich noch einmal um und sieht Markus auf dem Gerüst stehen. »He, das ist doch der Junge vom Schloss!«, ruft er.

»Mist! Er hat mich entdeckt!«, schimpft der Junge.

»Hast was ausgefressen, hm?«, meint einer der Anstreicher lachend. »Mach lieber, dass du wegkommst, sonst setzt es Prügel!«

»Aber er hat den Pokal gestohlen!«

»Na klar und ich bin deine Oma!«, lästert der Arbeiter.

Markus sieht ein, dass er die Männer nicht überzeugen kann, und klettert rasch nach unten. »Schnell weg!«, ruft er Mandy zu. »Er hat mich erkannt! Zur Bushaltestelle, beeil dich!«

Mandy läuft weg, aber Markus rutscht auf einer Sprosse aus und fällt einen Meter nach unten. Besorgt kehrt sie um. »Was ist mit deinem Fuß?«, fragt sie ängstlich. »Hast du dir wehgetan?«

»Nichts Schlimmes«, erwidert Markus mit verkniffenem Gesicht. »Schnell! Lauf weg, sonst erwischt dich der Kerl! Verschwinde!«

Zu spät! Der Reporter kommt wie ein Hundert-Meter-Läufer aus dem Hausflur geschossen und versperrt den Kindern den Weg. »Sieh mal einer an«, begrüßt er sie mit einem gequälten Grinsen, »die beiden Kinder vom Schloss! Sagt bloß, ihr habt mir nachspioniert!«

»Wir sind zufällig hier«, versucht Markus zu retten, was noch zu retten ist. »Wir haben Sie auf dem Schloss gesehen und dachten, Sie könnten uns Autogramme von den Catchern besorgen ...«

Eine ziemlich müde Ausrede, das muss auch Markus einsehen. Tobias glaubt ihm kein Wort. Der Junge blickt Hilfe suchend zu den Arbeitern hinauf, aber die glauben, dass er etwas ausgefressen hat und von seinem Vater oder einem Onkel beschimpft wird. »Hilfe, Polizei!«, ruft er dennoch. »Er hat den Pokal gestohlen!«

Die Anstreicher lachen ihn aus. Einer lässt Farbe von seinem Pinsel tropfen und der weiße Tropfen platscht vor Markus auf den Gehsteig. »Geben Sie ihm ordentlich eins hinter die Löffel!«

»Aber er hat Recht!«, ruft Mandy verzweifelt.

Tobias lässt sich nicht beirren. Er packt die Kinder am Kragen und schiebt sie die Gasse hinab. Obwohl

72

er so dünn ist, verfügt er über beachtliche Kräfte. Seine Fäuste lassen nicht locker, selbst dann nicht, als sie einem Polizisten begegnen.

»Er ist ein Dieb! Er will uns entführen!«, jammert Mandy.

»Nehmen Sie ihn fest! Er hat den Pokal gestohlen!«, schimpft Markus. Er windet sich unter dem festen Griff des Reporters.

»Kinder ...«, stöhnt Tobias mit einem scheinheiligen Lächeln, als der Polizist stehen bleibt. »Mein Sohn schwänzt die Schule und meine Tochter wird beim Rauchen erwischt! Hauen einfach ab, als ich sie zur Rede stellen will! Na, die können was erleben!«

»Aber er ist ein Dieb!«, ruft Markus verzweifelt. »Er hat den Pokal gestohlen! Wir haben ihn heimlich verfolgt! Wir haben Beweise!«

»Und jetzt fantasiert er auch noch!«, lästert Tobias. Der Polizist muss grinsen. »Versohlen Sie ihnen den Hintern, das hat noch keinem geschadet!«

»Wird gemacht. Auf Wiedersehen!«

Die Kinder merken, dass sie keine Chance haben, und ergeben sich in ihr Schicksal. »Was haben Sie mit uns vor? Wollen Sie uns umbringen?«, fragt Mandy leise.

»Ihr werdet eine kleine Reise unternehmen«, sagt Tobias. »Keine Bange! Bis ihr zurückkommt, ist die Sache gelaufen!«

»Welche Sache?«, fragt Markus.

»Das erfahrt ihr noch früh genug!«, antwortet Tobias grinsend. Er schiebt die Kinder in den leeren Möbelwagen und fesselt sie mit herumliegenden Stricken. Bevor sie um Hilfe schreien können, stopft er ihnen zwei schmutzige Lumpen in den Rachen und verschließt ihnen den Mund mit Klebeband. »Praktisch, so ein Möbelwagen! Die haben alles da, was man zum Verschnüren braucht!«

Er trägt die Kinder ganz nach hinten und wirft einige Decken über sie. »Schlaft schön!«, höhnt er, »und schreibt mir 'ne Postkarte, wenn ihr in Hamburg angekommen seid!«

Dann verlässt er den Möbelwagen und geht pfeifend davon.

Chip geht von Bord

Unter den Decken hören die Kinder, wie die Türen des Möbelwagens zugeschlagen werden. Markus windet sich verzweifelt, um mit den gefesselten Füßen gegen die Wand stoßen zu können, aber die Stricke sind so fest gebunden, dass er sich kaum bewegen kann. Mandy atmet heftig durch die Nase und schluchzt verzweifelt. Der schmutzige Lappen füllt ihren ganzen Mund aus. Sie kämpft gegen das Gefühl an sich übergeben zu müssen und versucht den Knebel mit der Zunge nach vorn zu stoßen.

Der Motor wird angelassen und der Möbelwagen fährt los. Er holpert über das Kopfsteinpflaster und bleibt schon nach wenigen Metern wieder stehen. Eine rote Ampel. Hannes sitzt am Steuer, ein weißhaariger Mann mit einer dicken Knollennase, und zündet sich eine Zigarre an. Frank, sein Beifahrer, schraubt den Deckel seiner Thermoskanne ab und schlürft heißen Kaffee.

Sie hören nicht, wie Markus wütend stöhnt. Er stößt die gefesselten Füße in die Luft, bis die Decken davonfliegen und sie wieder besser atmen können. Mandy rollt sich auf die Seite und seufzt erleichtert. Obwohl es in dem Möbelwagen stockdunkel ist, spürt sie, dass Markus sie aufmunternd anblickt.

Als der Möbelwagen wieder anfährt und in eine Kurve geht, rollen beide zur Seite und prallen gegen die Ladeklappe. Weil sie an Händen und Füßen gefesselt sind, können sie sich nicht festhalten. Markus schlägt mit dem Gesicht gegen eine Metallstrebe. Er spürt heftigen Schmerz und jammert leise. Mandy prallt gegen ihn und bleibt unverletzt. Sie blickt mitfühlend auf den Jungen. In der nächsten Kurve rollen sie auf die andere Seite, aber das Mädchen kann sich mit den Füßen abstützen. Sie seufzt dankbar.

Jetzt geht es wieder geradeaus und sie robben zu den Decken zurück, die ihnen einen besseren Halt geben. Hätte ich doch bloß meine Hände frei, denkt Markus verzweifelt. Er rutscht zur Ladeklappe und spürt eine scharfe Metallleiste zwischen den Brettern. Wenn es ihm gelingt, die Stricke an seinen Händen über die Kante zu bringen, schafft er es vielleicht, sie zu durchschneiden! Aber das ist nicht einfach. Seine Hände sind hinter dem Rücken zusammengebunden und bei der ständigen Holperei ist es sehr schwer, den Körper zu verrenken und still zu halten.

Den Trick kennt er aus dem Fernsehen. In jedem zweiten Krimi oder Western befreit sich der Held auf diese Weise. Der arme Kerl liegt meistens in einem Blockhaus oder einem Schuppen und findet eine Axt oder ein herumliegendes Messer, das er benutzen kann. Er hat den großen Vorteil, dass sich ein Haus nicht bewegt. Der Laster schaukelt auf dem Kopfsteinpflaster und neigt sich gefährlich zur Seite, wenn es in eine Kurve geht. Es ist schwer genug, das Gleichgewicht zu halten. Die Hände über die Kante zu bringen ohne sich zu verletzen ist beinahe unmöglich.

Ein Zufall kommt dem Jungen zu Hilfe. Frank, der Beifahrer, hat zu viel Kaffee getrunken und muss dringend auf die Toilette. »Fahr auf den nächsten Parkplatz«, bittet er seinen Kumpel, »sonst mach ich mir in die Hose!« Hannes kichert schadenfroh und lässt ein paar Sprüche ab, bevor er an einer verlassenen Bushaltestelle kurz vor der Autobahn hält.

Die Kinder hören, wie die Tür aufgeht. Sie hoffen, dass die Männer im Fahrerhaus ihre blinden Passagiere bemerkt haben, aber die Türen des Anhängers werden nicht geöffnet. Markus kümmert sich nicht darum. Wie eine Schlange robbt er durch die Dunkelheit. Er findet die Metallkante und schiebt seine Hände auf die scharfe Stelle. Die Stricke reiben über die Schneide. Sie werden immer dünner und reißen in dem Augenblick, als Frank zurückkehrt und die Beifahrertür zuschlägt.

Markus fällt zur Seite und massiert seine schmerzenden Handgelenke. Erleichtert reißt er das Klebeband von seinem Mund. Der schmutzige Knebel fällt auf den Boden. »Puh! Ich hab's geschafft!«, stößt der Junge hervor. Er befreit Mandy von ihrem Knebel und hilft ihr die Fesseln zu zerschneiden. »Halb so schlimm!«, tröstet er sie. Er nimmt sie unbeholfen in den Arm und öffnet die Knoten an ihren Füßen. »Halt dich gut fest, Mandy!«

Sie klammern sich an eine Eisenstrebe und müssen fest zupacken, als der Möbelwagen auf die Autobahn fährt. Der Laster wird immer schneller und lauter und der kühle Fahrtwind pfeift zwischen den Planen. »Hallo!«, ruft Mandy so laut sie kann. »Anhalten! Wir sind im Anhänger! Lasst uns raus!« Aber niemand hört sie bei dem Lärm. Sie gibt enttäuscht auf und sagt: »Es hat keinen Zweck! Jetzt müssen wir bis nach Hamburg fahren!«

»Trucker müssen Pausen machen«, widerspricht Markus, »alle vier Stunden oder so. Die halten bestimmt an einer Tankstelle und dann klettern wir raus!« Er grinst sie an. »Es sei denn ...«

»Was?«

»Es sei denn, die coole Ratte hilft uns!«

»Chip?«, erwidert sie. »Der weiß doch gar nicht, wo wir sind! Der steckt irgendwo in einem Fernseher und klaut Schokoriegel aus der Werbung! Der kommt nie darauf, dass wir in einem Möbelwagen stecken!« Sie lächelt. »Aber cool wär's doch! Schade, dass wir kein Handy dabeihaben, dann könnten wir ihn rufen. Hallo, Chip! Wo bist du? Sag den Kerlen, dass sie anhalten sollen!«

»So hört er uns nicht«, meint Markus. »Hast du keinen Walkman dabei? Ein Funkgerät?« Und als Mandy den Kopf schüttelt: »Dann können wir lange nach der Ratte rufen! Mach's dir lieber gemütlich! Setz dich auf die Decken! Wer weiß, wie lange es dauert!«

Mandy setzt sich auf den Deckenstapel ohne die Eisenstrebe loszulassen. Mit den Füßen stützt sie sich auf dem Boden ab. Markus hockt sich neben sie. Es bleibt ihnen nichts anderes übrig als sich in ihr Schicksal zu ergeben. Missmutig schaukeln sie über die Autobahn. Die Straße ist frisch asphaltiert und es gibt keine unebenen Stellen. Aber alle paar hundert Meter kommt eine Kurve und der Möbelwagen neigt sich schwankend zur Seite.

Die Digitaluhr des Jungen beginnt zu piepsen. Ein durchdringender Laut, der sogar im Verkehrslärm zu hören ist. »Komisch!«, meint Markus verwundert, »ich dachte, die piepst nur zur vollen Stunde!« Er drückt auf einen Knopf und die Uhr leuchtet hell. »Zwölf Uhr dreiundzwanzig«, liest er die Zeit ab, »da ist irgendwas kaputt!« Er schüttelt die Uhr und hält sie ans Ohr. »He, seit wann rauscht die so komisch? Die hab ich erst seit ein paar Wochen!«

Die Uhr bleibt hell und das Rauschen wird lauter. Eine schnarrende Stimme ertönt: »Hallo, Markus! Hallo, Mandy! Habt ihr kein Handy dabei? Ich dachte, alle Kids haben inzwischen Handys!«

»Chip! Das ist Chip!«, ruft Mandy aufgeregt.

»*Captain* Chip, wenn ich bitten darf!«, erwidert die coole Ratte. »Ich hab immer noch mein flottes Jäckchen an, das mit den goldenen Knöpfen! Ein cooles Teil, nur ein bisschen unbequem!«

»Bist du auf dem Kreuzfahrtsschiff?«, fragt das Mädchen.

Die Antwort ist ein meckerndes Lachen. »Nee, ich hab die Fliege gemacht! Wurde mir zu unruhig, die ganze Sache! Windstärke 9! Ich dachte, so was gibt's gar nicht in der Karibik! Uns flogen die Rettungsboote um die Ohren und ob ihr's glaubt oder nicht: Obwohl die nächste Insel mindestens hundert Seemeilen entfernt war, rauschten zehn Palmen an uns vorbei, in Reih und Glied!«

»Das war ein Hurrikan! Ein Wirbelsturm!«

»Nicht ganz«, räumt die coole Ratte ein, »aber es war nahe dran! Ich stand gerade auf der Brücke und schlürfte einen Kokosdrink, als es losging. Das teure Nass klatschte voll gegen die Scheibe! Dann rutschte mir das Glas aus der Hand und es gab 'ne ganze Ladung Scherben! Der Wind donnerte mit voller Power heran! Zum Glück gibt's vor den Bahamas keine Eisberge, sonst wär's uns wie der *Titanic* ergangen! War so schon schlimm genug! Ich kann euch sagen, Leute, mir ist jetzt noch hundeübel!«

Markus kann sich ein Grinsen nicht verkneifen. »Das kommt bestimmt von den vielen Kokosdrinks. Wie viel hast du getrunken?«

»Zwei oder drei«, räumt die coole Ratte ein, »und eine kalte Cola. Ob mir die Pizza nicht bekommen ist? Ich hab nur eine gegessen, die Familiengröße, mit extra viel Salami und Pilzen! Oder war's der Nachtisch? Meloneneis mit viel Schokolade ...«

Mandy lacht. »*Das* Menü haut den stärksten Seebären um! Vielleicht hast du dir den Sturm nur eingebildet? Oder hast du geträumt? Der Hurrikan wär doch in den Nachrichten gekommen!«

»Glaubt ihr mir vielleicht nicht?« Die coole Ratte klingt beleidigt, entspannt sich aber wieder. »Nun ja, vielleicht habt ihr Recht. Die fliegenden Palmen wären ja auch zu schön gewesen! Aber geschaukelt hat es und schlecht war mir auch! Und der Kokosdrink hat die ganze Brücke versaut! Der Captain hat einen Wutanfall bekommen und an die Filmerei war bei dem Wetter sowieso nicht zu denken! Zum Glück brauch ich kein Rettungsboot, hähä!«

»Bist du geschwommen?«, fragt Mandy ungläubig.

Wieder das meckernde Lachen. »Guter Witz! Hast du schon mal 'ne coole Ratte schwimmen sehen? Nee, ich hab mich in die nächste Steckdose gebeamt und bin nach Hause gedüst! Leider hab ich in der Eile den falschen Kanal erwischt! Eigentlich wollte ich zu Nicki in den Computer, aber dann war ich plötzlich bei Jessica im Fernseher!«

Der Möbelwagen geht in eine Kurve und die Kinder klammern sich an den Eisenstreben fest. Die

Autobahn wird steiler und Hannes schaltet einen Gang hinunter. Ein Schütteln geht durch den Anhänger. Die Ladeklappen knarren in den Fugen und die Räder eiern durch die Spurrillen in der Fahrbahn. Das neue Teilstück der Autobahn liegt hinter ihnen und der Asphalt wird schlechter.

»He, da hätte ich ja gleich auf meinem Kahn bleiben können!«, beschwert sich die coole Ratte. »Die Kiste schwankt schlimmer als die *Titanic*, kurz bevor sie abgesoffen ist! Ist das ’n Hurrikan oder hat der Dödel hinterm Lenkrad keinen Führerschein?«

»Weder noch«, erwidert der Junge grinsend. Er blickt ständig auf seine erleuchtete Uhr, kann die coole Ratte aber nirgendwo entdecken. »He, wo steckst du eigentlich?«, fragt er neugierig.

»Hinter dem kleinen Zeiger«, scherzt Chip, »da gefällt es mir am besten!« Und nach einem ziegenhaften Meckern: »Äh, wo waren wir stehen geblieben? Ach ja, ich bin also bei dieser Jessica gelandet. Ich weiß jetzt, wer den Pokal geklaut hat! Ich hab gehört, wie die Managerin mit dem Reporter gesprochen hat, mit diesem Tobias! Er hat was von frechen Gören und einem Möbelwagen gefaselt und da hab ich eins und eins zusammengezählt und bin euch nachgejagt!«

»Das war schlau!«, freut sich das Mädchen.

»Wollt ihr bis Hamburg mitfahren?«

»Nee, wir wollen raus!«, ruft Markus.

Die coole Ratte lässt ihr Meckern hören. In der Uhr klingt es besonders blechern. »War nur ’n Scherz, Leute! Ich hol euch natürlich aus dem Schlamassel raus! Ist ’ne Kleinigkeit für mich ...«

Chip beamt sich in das Autoradio des Möbelwagens und unterbricht das Musikprogramm: »Meine Damen und Herren, wir unterbrechen das laufende Programm für eine wichtige Meldung: Ein Möbelwagen aus Hamburg wurde versehentlich mit einem gefährlichen Gemisch betankt! Es besteht Explosionsgefahr! Alle Möbelwagen aus Hamburg werden deshalb dringend gebeten, den nächsten Parkplatz anzusteuern und auf die Polizei zu warten! Ich wiederhole: Fahren Sie auf den nächsten Parkplatz!«

»He, der meint uns!«, erschrickt Frank.

»Scheibenkleister!«, flucht Hannes nervös. »Er nimmt die nächste Ausfahrt und tritt hastig auf die Bremse. »Nichts wie weg!«, feuert er seinen Kumpel an. »Sonst fliegt die Kiste in die Luft!«

Die Männer springen aus dem Laster und rennen davon. Sie haben solche Angst, dass sie nicht mal das Meckern der coolen Ratte hören. Markus und Mandy klettern vom Anhänger.

Der Catcher im Teppich

Die traurigen Überreste des dunkel-
roten Kombis kleben an der schlan-
ken Tanne und qualmen traurig vor
sich hin. Die meisten Schaulustigen
haben sich verzogen und selbst
Alois Bundhammer ist nach Hause
gegangen. Er hat geschlagene vier Stunden damit
zugebracht, einen ausführlichen Bericht über die
Schlacht auf dem Schlosshof zu schreiben. »... wur-
den 136 Jogurtbecher, 76 Schokoriegel, 216 Energy-
Drinks und Tausende von Cornflakes über den Hof
verstreut«, endet der Bericht der Polizeidienststelle in
Augustusburg.

Nur Nicki und ihre Freunde können sich nicht von
dem Anblick des Autowracks trennen. Sie haben
überall nach Markus und Mandy gesucht und sind
auf dem Weg ins Dorf auf den Wagen gestoßen. »Der
gehört bestimmt einem Reporter«, will Fabio wissen,
»die tun alles für eine gute Story. Die fahren sogar
einen Kombi zu Schrott, wenn sie es eilig haben!«

Nicki schüttelt den Kopf. »Da steckt was anderes
dahinter! Habt ihr nicht gehört, was die Leute sagen?
Der Typ wäre aus dem Wagen gekrochen und in den
nächsten Bus gestiegen! Also, ich wäre erst mal ins
Krankenhaus gegangen!«

»Wenn man vom Teufel spricht«, sagt Serkan leise.
Er deutet auf den spindeldürren Mann, der über die
Böschung abkürzt und auf die Straße klettert. »Das

muss der Kerl sein! Die Frau im Zeitungskiosk hat gesagt, dass der Mann ein Spargeltarzan war!«

Tobias hat sich längst von dem Unfall erholt. Sein Kopfweh ist weg und wie durch ein Wunder hat er auch sonst keine Verletzung davongetragen. »Noch nie so ein Auto gesehen?«, fragt er.

»Nur auf dem Schrottplatz«, erwidert Fabio frech. »Und im Fernsehen, in *Auf dem Highway ist die Hölle los*. Gehört der Ihnen?«

»Meiner Zeitung«, antwortet Tobias. Er hat Angst, dass ihm die Kinder auf die Schliche kommen, und scheucht sie mit einer Handbewegung zur Seite. »Und jetzt macht, dass ihr wegkommt! Ich will meine Ruhe! Geht in den Wald und spielt Verstecken!«

»Gute Idee«, erwidert Nicki. Sie gibt ihren Freunden ein Zeichen und läuft in den Wald davon. Die Jungen folgen ihr widerwillig.

»Willst du etwa klein beigeben?«, fragt Fabio. »Der hat was auf dem Kerbholz, das sieht doch ein Blinder! Da ist irgendwas faul!«

»Weiß ich«, erwidert Nicki, »er hat doch gesagt, wir sollen Verstecken spielen!« Sie schleicht grinsend zurück und geht hinter einigen Bäumen in Deckung. Von dort aus kann sie den Reporter deutlich sehen. Sie winkt Fabio und Serkan heran.

Sie beobachten, wie Tobias missmutig um den Kombi schleicht. Der Reporter hat nicht damit gerechnet, dass die Schlosskinder ihn bei seiner Arbeit stören. Fast bereut er schon sich auf den Handel mit Jessica eingelassen zu haben, aber die Managerin hat ihm ein sensationelles Foto in Aussicht gestellt und dafür tut er alles. Seine Laune bessert sich, als er daran denkt, dass die Kinder, die er vor dem Hotel erwischt hat, auf dem Weg nach Hamburg sind. »Das wird euch lehren eure Nasen nicht in die Angelegenheiten anderer Leute zu stecken«, meint er schadenfroh.

Nicki und die Jungen blicken einander verwundert an. »Möchte wissen, was er hat«, sagt das Mädchen leise, »wir haben ihm doch gar nichts getan! Sein Auto bezahlt doch die Versicherung!«

»Ist sowieso ein Firmenwagen«, flüstert Serkan.

Der Reporter tritt gegen das zerdrückte Blech und brummt etwas vor sich hin.

Die Kinder verlassen ihr Versteck. Sie gehen auf die Straße zurück und bleiben vor dem Wrack stehen. »Hallo, Schwester!«, erklingt eine Stimme unter dem Blech. »Kannst du mich hören?«

»Chip!«, staunt Nicki. »Ich hab dich schon gesucht!«

»Hab 'nen harten Tag hinter mir«, seufzt die coole Ratte, »wär beinahe abgesoffen mit meinem weißen Kahn! Windstärke 9! Ich kann dir sagen, mir flog die Wäsche der ganzen Mannschaft um die Ohren! Die *Titanic* war der reinste Kindergarten dagegen!«

»Und ich dachte, du machst Urlaub!«

Meckerndes Lachen. »So war's auch geplant, Schwester, aber dann wurde die reinste Horrorfahrt daraus! Ich hing wie ein nasses Handtuch über der Reling und war blasser als Vanilleeis!«

»Hast du Markus und Mandy gesehen?«

»Von denen komm ich gerade«, antwortet Chip. Er erzählt in ein paar Sätzen, was geschehen ist, und fügt hinzu: »Tobias steckt mit Jessica unter einer Decke! Die beiden planen eine Schweinerei! Sie haben den Pokal in die *Weiße Taube* geschafft und jetzt will der Kerl noch was holen! Bleibt ihm auf den Fersen!«

»Bleibst du in der Nähe?«

»Ich warte in der *Weißen Taube* auf euch«, verspricht die coole Ratte, »der Spargeltarzan wird sein blaues Wunder erleben, so wahr ich ein sturmerprobter Seebär bin! So, jetzt wird's aber höchste Zeit, dass ich aus diesem Schrotthaufen komme! Ahoi und bis später, Leute!«

»Bis später, Chip!«

Die Kinder laufen dem Reporter nach und holen ihn im Schlosshof ein. Sie warten unter dem Südtor, bis er im Hotel verschwunden ist, und laufen über den Hof. Vorsichtig öffnen sie die schwere Holztür. Sie sehen, wie Tobias die steile Treppe erklimmt, und schleichen ihm nach. Von Sebastian, der schon am späten Nachmittag am Empfang eingeschlafen ist, haben sie nichts zu befürchten. Unbemerkt folgen sie dem Reporter bis in den Flur. Sie bleiben hinter einem Pfeiler stehen und hören, wie Tobias an die Zimmertür von Jessica klopft. »Ich bin's, Tobias!«

Die Tür geht auf und die Managerin zieht den Reporter in ihr Zimmer. »Du hast die Kinder in einen Möbelwagen gesperrt?«, hören sie die Frau rufen. »Bist du nicht bei Trost?« Was sie sonst noch sagt, ist nicht zu verstehen. Auch als Nicki zur verschlossenen Zimmertür schleicht und ihr Ohr dagegenhält, hört sie nicht mehr. Nur das Klappern der hohen Absätze und ein dumpfes Murmeln.

Dann wird das Klappern lauter und Nicki läuft schnell hinter den Pfeiler zurück. »Sie kommen!«, warnt sie ihre Freunde. Serkan will davonlaufen, aber Fabio hält ihn zurück und sagt leise: »Pssst!« Sie ducken sich hinter den Pfeiler und beobachten mit großen Augen, wie die Tür geöffnet wird und Jessica und der Reporter mit einem zusammengerollten Teppich herauskommen.

»He! Was soll das?«, flüstert Serkan verwundert.

Fabio legt ihm schnell eine Hand auf den Mund. »Leise!«, warnt er ihn. »Willst du, dass sie uns entdecken?«

Sie ziehen die Teppichrolle auf den Flur und Tobias schließt schnaufend die Tür. »Mann, ist der schwer!«, stöhnt er. »Hat er genug von der Limo getrunken? Was ist, wenn er aufwacht?«

»Keine Bange«, beruhigt Jessica ihren Komplizen, »ich hab ihm das Schlafmittel in seinen eigenen Energy-Drink gegeben. Von wegen, Blue Tiger haut rein!« Sie kichert leise. »Mit der Ladung schläft er bis morgen früh! Das Zeug haut einen Elefanten um!«

»Viel leichter ist der Kerl auch nicht!« Tobias packt das Ende des Teppichs und sie zerren die Rolle gemeinsam aus dem Hotelflur.

»Und du willst ihn wirklich nach Flöha schaffen?«

»Hast du vielleicht eine bessere Idee? Wir legen ihn ins Hotelzimmer, direkt neben den Pokal, und wenn er aufwacht, machst du dein Foto und holst die Polizei! Dann glaubt jeder, dass er den Pokal gestohlen hat!« Sie kichert wieder. »Der Catcher von Chicago wandert ins Gefängnis und selbst wenn sie ihn rechtzeitig zur Meisterschaft wieder rauslassen, hat er alle Zuschauer gegen sich! Und die Presse wird ihn in der Luft zerreißen!«

»Du bist ganz schön gemein!«, sagt Tobias.

Jessica bleibt stehen um kurz auszuruhen. »Allein wär das Monster aus Miami doch viel zu doof um

Weltmeister zu werden! Muskeln reichen heute nicht mehr aus! Auf das Köpfchen kommt es an, wenn man kräftig Kasse machen will! Ich bin seine Managerin und sorge dafür, dass die Presse zu uns hält!«

»Um jeden Preis?«

»Du fährst nicht schlecht dabei, oder?«

Jessica und der Reporter zerren den eingewickelten Catcher zur Treppe und ziehen ihn nach unten. Zwei verknotete Stricke halten die Teppichrolle zusammen. Die Kinder schleichen zum Empfang und blicken den beiden nach. Sie verstehen jedes Wort und kommen aus dem Staunen nicht mehr heraus.

»Und wir sollen dieses Nilpferd tatsächlich in meinen Porsche packen?«, fragt sie ungläubig. »Kannst du keinen anderen Kombi holen? Deine Zeitung hat doch mehr als einen Dienstwagen ...«

»Meine Zeitung ist in Berlin! Meinst du, die schicken mir einen neuen Wagen? Ich kann froh sein, wenn ich die Zugfahrkarte abrechnen darf! Schon deshalb brauche ich das verdammte Foto! Damit kann ich jedes Honorar verlangen!«

»Nächstes Mal suche ich mir einen Reporter, der geradeaus fahren kann«, lästert Jessica, »keinen miesen Anfänger wie dich!«

»Soll ich die Polizei rufen?«

»Schon gut! War nicht so gemeint!« Die Managerin kramt ihre Schlüssel hervor und stöckelt davon. »Ich bin gleich wieder da!«

Der Reporter bleibt schlecht gelaunt neben dem eingewickelten Catcher stehen und flucht leise vor sich hin. Er tritt unruhig von einem Bein auf das andere und wird blass wie ein Leintuch, als Martin Dobrisch aus seiner Wohnung tritt und neugierig auf den Teppich deutet. »Wo wollen Sie denn mit dem Teppich hin?«

»Äh ... zur Reinigung«, antwortet Tobias verlegen.

»Haben Sie was verschüttet?«

»Blue Tiger! Das Zeug macht blaue Flecken!«

»Das kriegen wir bestimmt mit Schaum raus«, erwidert der Hotelbesitzer freundlich. Er kramt ein Taschenmesser aus seiner Hose und will die Stricke durchtrennen. »Zeigen Sie mal her!«

»Nein!«, wehrt der Reporter nervös ab. »Ich mach das schon! Meine Zeitung braucht eine Rechnung von der Reinigung, wissen Sie, und außerdem ist der Fleck viel zu groß! Ich hab das Zeug verschüttet und bringe den Schaden wieder in Ordnung!«

»Meinetwegen«, erwidert Martin Dobrisch erstaunt.

Tobias atmet erleichtert auf, als der Hotelbesitzer verschwindet. Auch die Kinder atmen tief durch. Es wäre ein Leichtes gewesen, den Reporter an Martin Dobrisch zu verraten, aber sie wollen ihn auf frischer Tat ertappen. Die coole Ratte wird schon dafür sorgen, dass Jessica und Tobias ihre gerechte Strafe bekommen.

Die Managerin braust mit ihrem Porsche an. Während Tobias versucht den eingepackten Catcher in den kleinen Sportwagen zu verfrachten, stehlen sich die Kinder unbemerkt davon. Sie holen ihre Fahrräder und sausen den Schlossberg hinunter.

Nach Flöha brauchen sie keine Viertelstunde. Sie fahren geradewegs zur *Weißen Taube* und freuen sich riesig, als sie Markus und Mandy vor dem kleinen Hotel stehen sehen. Ihre Freunde sind per Anhalter zurückgekommen und direkt nach Flöha gefahren. »Chip hat uns befreit«, sagt Markus.

Während sie hinter einem Baum in Deckung gehen, erzählt er die ganze Geschichte. Nicki erklärt ihm, was auf Schloss Augustusburg geschehen ist. »Dafür müssen sie büßen!«, schimpft Markus wütend. »Ist Chip auch hier? Hat er einen Plan?«

»Darauf kannst du dich verlassen!«, meint Nicki.

Der Porsche lässt nicht lange auf sich warten. Er braust durch die schmale Gasse und parkt am Straßenrand. Vor dem Hotel ist kaum etwas los. Die Arbeiter sind um fünf nach Hause gegangen und das Gerüst ist leer. Nur ein Fußgänger blickt sich neugierig nach dem Sportwagen um. Einen Porsche sieht man nicht alle Tage, schon gar keinen silbernen mit schwarzem Verdeck.

Jessica und Tobias sind gerade damit beschäftigt, die Teppichrolle aus dem Wagen zu ziehen, als sich die coole Ratte über das Autoradio meldet. »Na, ihr Dödel?«, begrüßt sie die Managerin und den Reporter. »Versuchen wir ein krummes Ding?«

»Wer war das?«, fragt Jessica erschrocken.

»Das kam aus dem Autoradio!«, ruft Tobias entsetzt.

»Da staunt ihr, was?« Das meckernde Lachen kennen die Kinder. »Ich bin die coole Ratte und hab längst gecheckt, was ihr für 'ne miese Sache plant! Aber da habt ihr euch geschnitten! Dreht euch mal um, dann seht ihr unsere Freunde und Helfer! Die grünen Jungs halten schon die Handschellen für euch bereit!«

Jessica und Tobias lassen den eingewickelten Catcher fallen und starren auf den Streifenwagen, der mit Sirenengeheul näher kommt. »Mist!«, flucht Jessica wütend. »Jetzt haben sie uns am Kragen!«

Die Ratte fährt Moped

Der Catcher von Chicago atmet tief durch, als die Kinder ihn aus dem Teppich rollen. Er ist aus seinem Tiefschlaf erwacht und greift sich stöhnend an den Kopf. »Und ich dachte immer, das wären nur Sprüche. Von wegen, Blue 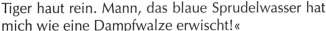 Tiger haut rein. Mann, das blaue Sprudelwasser hat mich wie eine Dampfwalze erwischt!«

»Das war ein Schlafmittel«, erklärt Nicki. Sie erzählt dem Catcher, was geschehen ist, und deutet auf den Polizeiwagen, der um die nächste Kurve verschwindet. »Jessica und Tobias wandern in den Knast! Die können froh sein, wenn die World Wrestling League keine Anzeige erstattet!« Sie zuckt mit den Schultern. »Na, jetzt hat die Polizei den Pokal. Sie schließt ihn auf der Wache ein und bringt ihn morgen auf das Schloss.«

Johnnys Blick wird nachdenklich. »Und ich dachte immer, Catchen würde Spaß machen! Wieso wollte mich Jessica reinlegen? Warum dreht sie im Schlosshof durch und wirft mit Jogurtbechern?«

»Sie ist geldgierig«, vermutet Fabio, »sie will unbedingt, dass das Monster aus Miami gewinnt und ein Vermögen verdient! Sie will, dass die Presse dich niedermacht und die Zuschauer nur ihren Catcher anfeuern! Sie kriegt bestimmt zwanzig Prozent von seinem Verdienst!«

»Aber er hat den letzten Kampf gewonnen«, ver-

91

steht Johnny die Welt nicht mehr, »die haben sich dumm und dämlich verdient!«

Fabio winkt ab. »Die sind nie zufrieden.«

»Ich höre bald auf«, sagt Johnny müde, »den Rummel mache ich nicht mehr lange mit!« Er setzt sich auf die Hoteltreppe und wird nachdenklich. »Ich bin sowieso nur dabei, weil es meiner Mutter so schlecht geht. Sie liegt seit ein paar Monaten im Krankenhaus und kann die Rechnung nicht bezahlen. In Amerika ist die Krankenversicherung viel schlechter als hier, wisst ihr? Aber sie wird bald entlassen, dann brauche ich nicht mehr zu catchen. Wenn ich die Meisterschaft gewinne, kann ich die ganze Rechnung bezahlen!«

»Und was willst du dann machen?«, fragt Markus neugierig. »Willst du zum Film gehen wie Arnold Schwarzenegger? Ha, das wäre cool, wenn du im nächsten Terminator mitspielen könntest!«

Johnny grinst. »Ich weiß nicht, für sowas sehe ich zu brav aus. Ich mach lieber Musik. Ich spiele das coolste Saxophon östlich des Mississippi! Vor dem Catchen war ich in einer Jazzband!«

Der Catcher von Chicago reckt sich stöhnend und vertreibt die Müdigkeit aus seinen Knochen. Er steht auf. »Höchste Zeit, dass ich meine Muskeln bewege«, sagt er. »Im Teppich war es ziemlich ungemütlich. Lauft ihr mit nach Augustusburg zurück?«

»Klar«, stimmt Nicki zu.

Sie laden den Teppich auf einen Gepäckträger und begleiten den Catcher durch die kleine Stadt. Er hat einen leichten Trab eingeschlagen und die Kinder können Schritt halten, auch mit den Fahrrädern. Viele Leute drehen sich nach ihnen um, als sie den berühmten Catcher erkennen. »Hallo, Catcher!«, ruft jemand. »Wir feuern dich an! Mach das läppische Monster fertig!«

»Ich werd's versuchen«, ruft Johnny zurück.

Im Gänsemarsch geht es über die Landstraße nach Augustusburg zurück. Die Sonne ist untergegangen und die Neonlampen am Straßenrand verbreiten trüben Schein. Alle paar Minuten braust ein Auto vorbei. Als der Bus überholt, kleben alle Fahrgäste an den Fenstern und bestaunen den joggenden Catcher in seinem blauen Trainingsanzug. Der Fahrer grüßt mit der Hupe.

In Augustusburg sind nur wenige Menschen auf der Straße. Es ist Samstagabend und die meisten Leute essen gerade zu Abend oder sitzen vor dem Fernseher. Auch in den Gasthäusern ist was los.

»Bogey macht sich bestimmt schon Sorgen um mich«, sagt der Catcher von Chicago, »er will, dass ich früh zu Bett gehe. Wenn ich nicht ausgeschlafen bin, kann ich kein Wässerchen trüben, sagt er. Ich muss fit sein, wenn ich das Monster besiegen will!«

»Wir drücken dir die Daumen!«, verspricht Nicki.

Sie erreichen eine Baustelle und müssen in eine schmale Gasse ausweichen. Die Hauptstraße wird gerade frisch asphaltiert und ist mit rotweißen Schranken abgesperrt. Zwischen den Sandhaufen und dem aufgerissenen Asphalt stehen zwei Bulldozer. Mit ihren großen Schaufeln sehen sie ziemlich bedrohlich aus.

»He, wen haben wir denn da?«, ruft eine Stimme, als Markus in die Gasse biegt. »Das ist doch die miese Ratte, die uns der Polizei ausgeliefert hat! Der Mistkerl mit dem ferngesteuerten Auto!«

Markus bleibt stehen und sieht die Schatten von vier Jungen. Er braucht nicht mal hinzusehen um zu wissen, wer sie sind. Michi und seine Kumpane. Die Jugendbande! Die Schurken, die den Cadillac zerkratzt haben! Ihr Anführer sitzt auf einem Moped und dreht höhnisch grinsend am Gashebel.

»Sie haben euch entlassen?«, stößt Markus überrascht hervor. Er ist dankbar, dass er den Schurken nicht allein begegnet ist, lässt sich aber nichts anmerken. »Ich denke, ihr seid im Knast!«

»Falsch gedacht, Blödmann!«, triumphiert der Anführer der Jugendlichen. »Sie haben uns nur eine Nacht festgehalten! Wir haben dem Bullen versprochen keinen Unsinn mehr anzustellen!« Er kichert böse und nähert sich bedrohlich. »Hast du Schiss?«

»Vor euch?«, erwidert Markus. Er weiß, dass der Catcher von Chicago und seine Freunde hinter ihm sind, und hat keine Angst. »Vor halben Portionen hab ich mir noch nie in die Hose gemacht!«

Michi lacht schallend. »Hört euch den Rattenpinscher an«, lästert er, »steht ganz allein auf der Straße und riskiert 'ne Lippe!«

»Ich bin nicht allein«, sagt Markus ruhig.

»Den Trick kenn ich!«

»Das ist kein Trick«, erwidert der Junge. »Mach deine Glubschaugen auf, dann siehst du den stärksten Mann der Welt! Der Catcher von Chicago ist gekommen um euch heimzuleuchten!«

»Der stärkste Mann der Welt? Der Catcher von Chicago?« Michi wird unsicher und späht in die Dunkelheit. Hinter Markus tauchen die anderen Schlosskinder auf. Dann schiebt sich ein mächtiger Schatten vor die Straßenlampe. Ein Mann wie ein

Berg, riesengroß und superstark, mit kräftigen Muskeln am ganzen Körper.

»Gibt's Probleme?«, fragt der Catcher böse.

Die Jungen weichen einen Schritt zurück. Gegen einen so starken Mann wirkt selbst ihr Anführer wie ein Schlappschwanz. »He, da-das ist ja der Ca-Catcher von Chi-Chicago!«, erschrickt der Junge hinter dem starken Michi.

»Wo habt ihr das Moped her?«, fragt der Catcher streng.

Michi ist blass geworden. »Äh, das haben wir geliehen! Von dem alten Mann, der eine Straße weiter wohnt! Wir wollten nur ein bisschen rumfahren und es nachher wieder zurückbringen!«

»Stell es an die Wand!«

»An die Wand? Warum?«

»Damit ich euch besser vermöbeln kann!«, antwortet der Catcher mit einem grimmigen Lächeln. Er ist wütend auf die jungen Ganoven und will ihnen ordentlich den Hintern versohlen. »Wird's bald, du aufgeblähtes Riesenbaby?« Er krempelt langsam seine Ärmel hoch. »Oder muss ich handgreiflich werden?«

Michi weiß genau, dass er um eine Tracht Prügel nicht herumkommt. Wenn er absteigt, ist er dem Catcher hilflos ausgeliefert. Seine einzige Chance besteht darin, mit dem Moped abzuhauen.

In seiner Verzweiflung dreht er den Gashebel voll durch. Das Vorderrad des Mopeds steigt nach oben und er braust wie ein Geländefahrer durch die Gasse davon. Ein wilder Tarzanschrei kommt über seine Lippen, in seiner Stimme mischen sich Angst und Wut. Mit quietschenden Reifen geht er in die nächste Kurve.

»Michi! Bleib hier!«, fleht einer seiner Kumpane kläglich.

»Lass uns nicht allein!«, jammert ein anderer.

Der Catcher von Chicago kennt kein Erbarmen und stampft wie ein Koloss auf sie zu. Die Jungen schlottern vor Angst und bleiben wie versteinert stehen. »Wenn ich euch noch mal bei einer krummen Sache erwische, gibt's einen Satz heiße Ohren!«, fährt er die verschreckten Jungen an. »Habt ihr mich verstanden?«

»Na-Natürlich«, stottert einer.

»Okay! Dann macht endlich 'ne Fliege!«

Die beiden Jüngsten sind froh unbeschadet davonzukommen und laufen davon. Schon beim Weglaufen schwören sie nie wieder mit ihrem Anführer um die Häuser zu ziehen. Sie haben die Nase gestrichen voll. Gestern das herrenlose Auto, dann die Nacht auf der Polizeiwache und heute der Catcher von Chicago. Wo der Kerl zuschlägt, wächst kein Gras mehr, denken sie.

Nur ein Junge bleibt stehen. Die gelungene Flucht seines Anführers hat ihm Mut gemacht und er grinst den Catcher frech an.

»Hast du Bohnen in den Ohren?«, fragt Johnny streng. Er packt den Jungen am Kragen und schleudert ihn wie ein lästiges Wäschestück in den nächsten Obstgarten. Es gibt einen hässlichen Laut, als der Junge in einem Misthaufen landet.

»Der ist bedient!«, ruft Markus erfreut.

»Schade, dass uns der Anführer durch die Lappen gegangen ist«, meint Fabio, »den hätte ich gern am Boden gesehen!«

»Keine Bange, das übernimmt Chip!«, tönt Nicki,

als der knatternde Motor eines Mopeds zu hören ist und immer lauter wird.

Sie gehen zur Hauptstraße zurück und beobachten mit großen Augen, wie Michi mit einem Affenzahn auf die Baustelle zurast. Er hängt wie eine hilflose Puppe im Sattel und schreit aus Leibeskräften.

»Hähä, das hättest du nicht gedacht, was?«, schallt die Stimme der coolen Ratte aus der elektrischen Hupe. Ihr meckerndes Lachen ist lauter als das Knattern des Motors. »Hab ich dir schon erzählt, dass ich meinen Führerschein auf 'ner Rennstrecke gemacht habe? Huiii, gleich geht's in den Wassergraben, Dödel!«

Das Moped durchbricht eine Schranke und braust wie eine wütende Hornisse in die Baustelle hinein. Zwischen den Sandhaufen hat sich das Regenwasser in einem schmutzigen Tümpel angesammelt.

»... fällt er in den Graben, fressen ihn die Raben!«

Chip singt schadenfroh, als das Moped in den Sandhaufen donnert und Michi wie eine Rakete aus dem Sattel schießt und kopfüber in den schmutzigen Tümpel plumpst.

Schmutzig von oben bis unten taucht er wieder auf. »Ich will nie wieder böse sein!«, schwört er. »Ich verspreche es!«

Ein Catcher im Brunnen

 Die Turmuhr schlägt Mitternacht. Das Echo der dumpfen Glockenschläge wird von den Schlossmauern als vielfaches Echo zurückgeworfen. Vor einigen Monaten hat ein grüner Ritter sein Unwesen auf Schloss Augustusburg getrieben, aber an das falsche Gespenst denkt schon lange keiner mehr, nicht mal zur Geisterstunde.

Nicki schläft tief und fest. Auch die anderen Kinder liegen im Bett. Die Polizei hat das Monster aus Miami und seine Managerin noch am selben Tag auf freien Fuß gesetzt, weil der Direktor der World Wrestling League um den Kampf fürchtet und den Polizeidirektor mit einer großen Spende verwöhnt hat. Die coole Ratte hat sich in die Karibik abgeseilt und schippert mit der *MS Hibiscus* wieder durch ruhige Gewässer und der Monitor des Computers bleibt dunkel.

Der Schlosshof liegt verlassen da. Selbst im *Burgfried* sind die Lichter schon erloschen. Alle Leute sind früh zu Bett gegangen, weil die ersten Fans schon am frühen Morgen kommen werden und auf Schloss Augustusburg dann viel Trubel herrschen wird. Um zwölf Uhr beginnt der Kampf um die Weltmeisterschaft im Catchen, aber vorher findet ein riesiger Jahrmarkt statt und darum bleibt keine Zeit zum Ausschlafen.

»Ruckuckuckuuuuu!« Das unheimliche Jaulen des

98

Monsters stört die nächtliche Stille und schallt Angst einflößend über den Schlosshof.

»Was soll das Geschrei, Monster!«, kommt es zischend vom Südtor. »Ich hab dir doch gesagt, du sollst die Klappe halten!«

»Ich dachte, ich soll den Catcher von Chicago erschrecken!«

»Hast du vergessen, was ich gesagt habe? Du sollst das Denken mir überlassen und keinen Blödsinn machen! Geh ins Bett und schlaf dich aus! Du hast morgen einen schweren Kampf! Ich will, dass der Catcher von Chicago müde ist, nicht du! Kapiert?«

»Schon gut, Chefin.«

Das Monster verschwindet und die nächtliche Stille kehrt auf Schloss Augustusburg zurück. Nicki schreckt erst jetzt aus ihrem Traum und torkelt schlaftrunken zum Fenster. »He, das war doch das Monster aus Miami! Und Jessica! Ich denke, die pennen!«

Sie reibt sich den Schlaf aus den Augen und blickt in den Hof hinunter. Sie kann ihren Augen kaum trauen. »Der grüne Ritter ist wieder da!«, stößt sie entsetzt hervor. Dann blickt sie genauer hin und merkt, dass ein seltsames Burgfräulein vor der Hoteltür steht. Tausend winzige grüne Glühbirnen leuchten an ihrem Körper. Sie trägt eine grüne Maske, grüne Handschuhe und einen spitzen Hut auf den langen Haaren. »Ich bin das grüne Burgfräulein und leuchte selbst den Geistern heim«, singt sie.

»Jessica! Das ist Jessica!«, erkennt Nicki leise. Sie zieht sich in Windeseile an und stürmt aus der Wohnung. Vorsichtig öffnet sie die Haustür. Sie beobachtet mit angehaltenem Atem, wie das Burgfräulein singend im Hotel verschwindet. »Was hat sie vor?«

Fabio und Serkan schlafen fest und auch die coole Ratte lässt sich nicht blicken. Es bleibt Nicki nichts anderes übrig als allein die Verfolgung aufzunehmen. Sie läuft über den Schlosshof, bleibt vor der Hoteltür stehen und holt tief Luft, bevor sie eine Hand auf die Klinke legt. Die schwere Holztür schwingt quietschend nach außen. Sie rechnet damit, dass ihr das grüne Burgfräulein entgegenspringt, aber es bleibt ruhig. Sie huscht in den Flur und duckt sich neben die Treppe.

Jessica hat nichts gemerkt. Sie ist auf halbem Weg nach oben und dreht sich nicht mal um, als das Mädchen die Tür öffnet. Sie ist viel zu sehr mit sich selber beschäftigt. Der Umhang mit den grünen Lämpchen ist heiß und schwer und sie hat keine Lust sich an den Glühbirnen zu verbrennen. Leise singend steigt sie zum Empfang hinauf. »Das Burgfräulein dreht seine Runde, immer nur zur Geisterstunde«, singt sie. Ihre Absätze klappern.

Sebastian schläft natürlich wieder. Sein Schnarchen klingt zufrieden und er wechselt nicht mal die Stellung auf seinem Drehstuhl, als das Burgfräulein vorbeitippelt.

»Na, warte!«, schimpft Nicki leise. Sie verlässt ihr Versteck und huscht die Treppe hinauf. Auf leisen Sohlen schleicht sie an Sebastian vorbei. Sie will das Burgfräulein überrumpeln, bevor Jessica etwas unternimmt. Vor dem Empfang bleibt sie einen Augenblick stehen und blickt sehnsüchtig auf den Fernseher, aber die coole Ratte lässt sich nicht blicken. Chip schippert bestimmt wieder durch die Karibik, denkt sie.

Sie versteckt sich hinter einer Säule und beobachtet, wie Jessica vor dem Zimmer des Catchers aus Chicago stehen bleibt. Die grünen Lämpchen an ihrem Umhang flackern nervös. Sie öffnet die unverschlossene Tür und betritt das Zimmer. »Ich bin das grüne Burgfräulein und geh zu meinem Catcher rein«, sagt sie.

Nicki sieht den armen Johnny nicht, kann sich aber bildhaft vorstellen, wie er kerzengerade in seinem Bett sitzt und vor dem grünen Burgfräulein mit der Maske erschrickt. »Aaah!«, hallt sein schriller Schrei durch den Hotelgang. »Ein Gespenst!«

Im nächsten Augenblick kommt er im langen Nachthemd aus seinem Zimmer gestürmt. Mit verzerrtem Gesicht rennt er an Nicki und dem schlafenden Sebastian vorbei. Seine nackten Füße trampeln über die Treppe nach unten. »Aaah! Ein grüner Geist!«

Nicki will den Catcher zurückrufen, aber bevor sie den Mund öffnen kann, kehrt das Burgfräulein aus dem Zimmer zurück. Unter ihrer Maske grinst sie zufrieden. Ihr Plan ist voll aufgegangen. Der Catcher von Chicago hat sich beinahe in die Hose gemacht und läuft wie ein ängstliches Kaninchen über den Schlosshof. Bis er in sein Zimmer zurückkehrt, ist es bestimmt schon hell. Dann ist er müde und ihr Monster hat leichtes Spiel.

Sie stöckelt nach unten, gefolgt von Nicki, die immer noch hofft, dass die coole Ratte aus ihrem Urlaub zurückkehrt. Sie kann nicht wissen, dass Chip gerade auf dem Promenadendeck der *MS Hibiscus* sitzt und einen Kokosdrink schlürft. Ganz zu schweigen von der dicken Pizza, die es als Vorspeise gab. Und dem Schokoladeneis mit Keks-

101

stücken, das er sich am frühen Morgen gegönnt hat. Und dem Kakao zum zweiten Frühstück.

Im Schlosshof sieht Nicki, wie die Managerin lachend durch das Südtor verschwindet. Ein dumpfes Platschen dringt an ihre Ohren. »Hahaha, springt der Dödel vor lauter Angst in den Brunnen!«, ruft das grüne Burgfräulein schadenfroh. Nicki macht sich jetzt Vorwürfe, weil sie nicht eingegriffen und keinen Alarm geschlagen hat. Sie hat der coolen Ratte vertraut. »Sieht ganz so aus, als müsste ich die Sache allein deichseln!«, stöhnt sie leise.

Sie huscht durch das Südtor und geht hinter dem Brunnen in Deckung. »Hilfe! Hilfe!«, tönt es dumpf herauf. Sie beugt sich über den Rand und glaubt zu erkennen, wie der Catcher von Chicago an dem Seil heraufklettert. Der Brunnen ist zwanzig Meter tief und es kann ziemlich lange dauern, bis er oben angekommen ist.

Auf dem Parkplatz zieht Jessica ihr Kostüm aus. Sie zieht den Stecker aus der Batterie und wirft das Kostüm in den kleinen Kofferraum ihres Porsche. Auch die Maske landet dort. Zufrieden stöckelt sie wieder zurück. Neben dem Brunnen bleibt sie stehen. Sie hat wohl Angst bekommen, dass der Catcher von Chicago sich ernsthaft verletzt hat. »Hier ist das grüne Burgfräulein, lass mich heute nicht allein!«, ruft sie hinab.

»Wenn ich hochkomme, ziehe ich dir die Ohren lang!«, beschimpft der Catcher von Chicago das vermeintliche Gespenst.

»Die Geisterstunde ist gleich vorbei!«, erwidert Jessica mit verstellter Stimme. »Und das Burgfräulein lässt sich nie erwischen!«

Die Managerin stöckelt siegessicher zum Hotel zurück. »Morgen Mittag räumen wir groß ab!«, flüstert sie siegessicher.

Nicki blickt ihr wütend hinterher. Das Biest hat es nur darauf angelegt, die große Mark zu machen, und setzt jedes Mittel ein um ihren Widersachern einen Nachteil zu verschaffen. Nur wenn der Catcher von Chicago auf die Bretter geht, bekommt ihr Monster aus Miami den teuren Pokal und das hohe Preisgeld. »Wahrscheinlich nimmt sie dem armen Kerl ein Viertel der Gage ab«, schimpft Nicki aufgebracht.

Sie wartet geduldig, bis der Catcher von Chicago nach oben kommt und erschöpft über den Rand klettert. Sie hilft ihm auf die Beine zu kommen. Er ist pitschnass und völlig außer Atem. »Wer war das?«, fragt er, als er wieder Luft bekommt. »Wer hat mich in den Brunnen getrieben? Das war doch kein Gespenst – oder doch?«

»Hier gibt's schon lange keine Gespenster mehr«, beruhigt Nicki ihren starken Freund. »Das war Jessica! Die gemeine Zicke hat sich als Gespenst verkleidet, damit du aufwachst und Angst bekommst! Sie will, dass du müde bist und den Kampf verlierst!«

Johnny drückt das Brunnenwasser aus seinem Nachthemd und schwingt drohend eine Faust. »Das wird sie mir büßen! Ich setze ihr einen glitschigen Frosch ins Bett! Oder eine Schlange! Ich jage Spinnen durch ihr Zimmer!«

»Ich weiß was Besseres«, erwidert Nicki lachend. Sie deutet zum Parkplatz hinüber. »Kriegst du einen Kofferraum auf?«

»Leicht«, antwortet Johnny knapp.

Nicki grinst zufrieden und führt den Catcher von

103

Chicago zum Porsche von Jessica. »Kriegst du ihn auf? Ich hab den Schlüssel vergessen, weißt du?«

»Kein Problem!«, ist die entschlossene Antwort. Johnny zieht mit einem entschlossenen Ruck an der Kofferraumhaube und klappt sie nach oben. »Bitte schön, die Dame«, sagt er.

Jetzt grinsen beide und der Catcher macht große Augen, als Nicki das Kostüm mit den grünen Lämpchen herauszieht und sich überstülpt. Sie drückt den Stecker in die Batterie und bindet sich die Maske vors Gesicht. »Wie sehe ich aus?«, fragt sie.

»Wie ein Gespenst«, macht Johnny sich lustig.

»Wir schlagen sie mit ihren eigenen Waffen!«, ist Nicki wild entschlossen. Sie schließt den Kofferraum und führt Johnny in den Schlosshof zurück. »Pass mal auf, wie die rennen!«

Zum Glück sieht niemand die beiden. Nicht einmal Markus, der zufrieden in seinem Zimmer schläft und von einem hohen Sieg seiner San Francisco 49ers träumt. Der mächtige Catcher in seinem nassen Nachthemd und das grüne Burgfräulein geben ein seltsames Paar ab. »Schade, dass jetzt kein Reporter hier ist!«

Die beiden Verschwörer schleichen die Hoteltreppe hinauf und nehmen kaum zur Kenntnis, dass Sebastian immer noch schläft. Vor dem Zimmer von Jessica bleiben sie stehen.

»Geh zur Seite«, warnt das Mädchen, »die gibt Vollgas!«

Sie reißt die Tür auf. Mit einem lauten »Ruckuckuckuuu! Ich bin das grüne Burgfräulein!« erschreckt sie die Managerin. »Ich bin gekommen um dich zu bestrafen! Henker, vollziehen Sie das Urteil!«

Jessica fährt kerzengerade hoch, sieht das grüne Burgfräulein und den Schatten eines riesigen Mannes und springt mit einem verzweifelten Entsetzensschrei aus den Federn. »Hiiiilfe!«, ruft sie. »Hiiiilfe! Gespenster! Rette sich, wer kann!« Sie rennt wie ein Blitz an den beiden vorbei und stürmt die Treppe hinunter.

Das gleiche Spiel wiederholen Nicki und ihr Freund vor dem Zimmer des Monsters. Der Catcher aus Miami schreit noch lauter als seine Managerin und flieht schreiend vor seinen Häschern.

Nicki tritt lachend ans Fenster und beobachtet, wie Jessica und das Monster aus Miami in wilder Panik durch das Südtor rennen.

»He«, meint sie mit einem zufriedenen Grinsen, »das haben wir auch ohne Chip geschafft!«

Der Kampf der Sponsoren

 Am Sonntag Morgen sind die Kinder früh auf den Beinen. Sie haben versprochen beim Aufstellen der Sitzreihen und dem Aufbauen der Imbissbude zu helfen. Auf dem Holzgerüst, das neben dem Ring errichtet wurde, tummeln sich die ersten Fernsehleute und Reporter. Ein Regisseur sorgt dafür, dass die Kameras im richtigen Winkel stehen. Aus dem Lautsprecher klingt die Fanfare der World Wrestling League, immer wieder, bis die Lautstärke und der Sound stimmen. Die bunten Werbetafeln der Sponsoren werden montiert und die Leute aus der Küche schleppen wannenweise rohe Bratwürste und Brötchen zu der Imbissbude. Das Nordtor wird abgeschlossen, am Südtor die Kasse aufgebaut.

Die Catcher sind beim Training. Das Monster aus Miami trabt über einen einsamen Waldweg und gähnt alle paar Meter. Jessica fährt im Porsche hinterher und hat das Radio laut aufgedreht, damit ihr Schützling nicht einschläft. Der Catcher von Chicago dreht seine Runden auf dem Sportplatz, ist auch nicht viel munterer und wird von Bogey immer wieder angetrieben. »Wach endlich auf, Johnny!«, ruft der Manager. »Heute ist dein großer Tag!«

Um elf Uhr sind alle Sitzplätze auf dem Schlosshof besetzt und selbst auf den Stehplätzen ist kaum noch Platz. Die Fans rufen die Namen ihrer Lieblinge und schwenken Fahnen: eine blaue für den Catcher von Chicago und eine schwarze für das Monster aus Miami. Über die Lautsprecheranlage werden aktuelle Hits und der offizielle Song der Weltmeisterschaft gejagt: »Leg dich auf die Bretter, Baby!«

Alle paar Minuten meldet sich eine aufgeregte Stimme: »Ladies and Gentlemen, nur noch wenige Minuten, dann kommen der Champion und sein Herausforderer! Und hier wieder eine Botschaft unseres Sponsors: Miami-Jogurt, das Kraftpaket, wünscht gute Unterhaltung bei der Weltmeisterschaft im Catchen. Denken Sie immer daran: Das Zeug macht aus Memmen starke Kerle!«

Während die Musik läuft, übt Mandy für ihren Auftritt. Vor dem Kampf darf sie die Catcher begrüßen und ihnen Warenproben aller Sponsoren überreichen.

Alle Schlosskinder haben Pressekarten bekommen und dürfen auf der Holztribüne bei den Kameraleuten stehen. Tobias, der hinterhältige Reporter, ist auch da und geht ihnen aus dem Weg. Seine Zeitung will den Wagen nur bezahlen, wenn er wirklich starke Fotos von dem Kampf bringt. Seit der missglückten Aktion mit dem Pokal hat er Jessica nicht mehr gesprochen, die beiden schieben sich gegenseitig den schwarzen Peter zu und schmollen.

Kurz nach zwölf Uhr, nach dem Schlagen der Turmuhr, erklingt die Fanfare. »Ladies and Gentlemen«, erhebt der Ansager seine Stimme, »die World Wrestling League begrüßt Sie zur Weltmeisterschaft im Catchen!« Tosender Beifall brandet auf. »Auf den Sieger warten der knallrote Gürtel des Weltmeisters, 100 000 Dollar in bar und der wertvollste Pokal, den wir je verliehen haben!« Das funkelnde Ding steht auf einem Tisch, gleich neben dem Ansager. Daneben wacht ein Polizist.

Wieder eine Fanfare. »Und hier ist der amtierende Weltmeister der World Wrestling League: Ladies and Gentlemen, das blaue Ungeheuer aus dem fernen Florida! Das schwarze Monster aus Miami!«

»Buuh! Buuh!«, schreien die Kinder.

Die meisten Zuschauer buhen das Monster aus. Es hat sich längst herumgesprochen, welche faulen Tricks seine Managerin angewandt hat, und fast alle halten zu dem Catcher von Chicago.

Dabei kann sich sein Auftritt sehen lassen. Zur Musik aus dem Film *Monster sind bessere Menschen* erscheint er auf dem Schlosshof, in sein funkelndes Skelett-Kostüm und einen schwarzen Umhang mit silbernem »M« gewandet. Auch sein Stirnband und seine hohen Stiefel sind schwarz. Die Frankenstein-Narbe auf seinem Gesicht leuchtet dunkelrot. Er blickt grimmig in die Runde und klettert unter wüsten Beschimpfungen in den Ring, hopst auf der Stelle und droht den Zuschauern mit seinen Muskeln. »Ich stampfe den Catcher von Chicago in den Boden!«, brüllt er, aber nur seine Managerin klatscht begeistert dazu.

Eine neue Fanfare erklingt. »Ladies and Gentlemen! Und hier ist der Herausforderer, der heute Mittag zum ersten Mal den Titel gewinnen will: das starke Kraftpaket – der Catcher von Chicago!«

Jetzt kennt der Jubel keine Grenzen mehr. Alle Zuschauer springen auf und jubeln ihrem Helden zu, der in seinem hellblauen Ringeranzug und dem blauen Mantel mit dem weißen »C« auf den Schlosshof kommt. Johnny rückt verlegen sein Stirnband über den wirren Haaren zurecht und klettert in den Ring. »Danke, Leute! Danke!«, ruft er. »Ich verspreche mein Bestes zu geben!«

»Jetzt bist du dran!«, flüstert Nicki ihrer Freundin ins Ohr.

»Ladies and Gentlemen«, fährt der Ansager mit seiner durchdringenden Stimme fort. »Und hier ist Mandy, die kleine Schlosskönigin! Sie hat heute ihren ersten großen Auftritt! Mandy wird die beiden Catcher begrüßen und Proben ihrer Sponsoren überreichen!«, tönt der Ansager. »Der Catcher von Chicago bekommt einen blauen Energy-Drink – mit freundlichen Grüßen seines Sponsors, denn Blue Tiger haut mächtig rein!«

Mandy begrüßt die beiden Catcher und winkt ihren Freunden auf der Pressetribüne zu. Dann nimmt sie das silberne Tablett mit der Blue-Tiger-Dose und trägt es zu ihrem starken Freund. »Wir drücken dir alle die Daumen!«, flüstert sie dem Catcher zu.

Johnny reißt die Lasche von der Dose und wiederholt den Werbeslogan seines Sponsors: »Blue Tiger haut rein!« Es klingt ziemlich einstudiert. Er nimmt einen großen Schluck, verdreht die Augen und rennt schreiend davon. »Aaaah!«, brüllt er verzweifelt.

Bogey kann es nicht fassen. »Was ist denn los?«

»Das Zeug brennt!«, schreit sein Schützling.

Jessica kichert schadenfroh. »Na, wie hab ich das gemacht?«, sagt sie leise zum Monster. »Ich hab ein kleines Loch in die Dose gebohrt und Pfeffer reingestreut! Ich glaube, der Schwächling bringt es heute nicht mehr!«

Beide lachen den Catcher von Chicago aus. »Blue Tiger schmeckt furchtbar!«, jammert er. »Ich rühr das Zeug nie mehr an!« Er beruhigt sich erst wieder, als Nicki einen Kanister mit Wasser zu ihm schleppt und er sich zwei Liter in seinen Rachen gegossen hat.

»Das ist eine Gemeinheit«, schimpft das Mädchen leise, »sie haben ihm was Scharfes in die Dose gekippt! Das ist unfair!«

»Buuuh! Buuuh!«, schimpfen die Leute.

Der Ansager lässt sich nicht beirren: »Das Monster aus Miami bekommt einen Becher mit leckerem Heidelbeer-Jogurt«, sagt er, »mit freundlichen Grüßen von Miami-Jogurt, dem Kraftpaket!«

Niemand sieht, wie Mandy mit dem offenen Jogurt am Imbiss-Stand vorbeiläuft und rasch einen Löffel Salz in den süßen Brei kippt. »Das ist auch unfair«, flüstert sie Nicki zu, »aber sonst ist das Monster im Vorteil! Mal sehen, wie ihm der Jogurt schmeckt!«

Das Monster aus Miami greift nach dem blauen Plastiklöffel und taucht ihn in den Becher. »Miami-Jogurt, das Kraftpaket!«, hat auch er seinen Werbetext brav gelernt. »Das schmeckt dem Monster!«

»Sehr gut«, ist sogar Jessica zufrieden.

Aber ihre Freude dauert nicht lange. Das Monster aus Miami verzieht sein Gesicht, als hätte es in eine vertrocknete Gewürzgurke gebissen, wirft den Jogurt ins Publikum und bricht heulend zusammen. »Igittigitt!«, jammert es, »ein widerliches Zeug!«

Er kriecht auf allen vieren durch den Ring und hält sich an einem der Seile fest. Sein Gesicht ist kreidebleich. Er hangelt sich nach oben und beugt sich würgend ins Publikum. Die Leute drängen kreischend zur Seite. Aber es geschieht nichts. Das

Monster sinkt stöhnend nach hinten und torkelt seiner entsetzten Managerin in die Arme. »Das Teufelszeug rühr ich nie mehr an!«

»Was ist passiert, Monster?«, kann Jessica das Unglück nicht fassen. »Das war deine Lieblingssorte! Das war Heidelbeere!«

Statt einer Antwort kommt ein krankes Röcheln. Erst nach einer ganzen Weile hat das Monster aus Miami sich wieder erholt. Es sinkt auf seinen Hocker und lässt sich von Jessica massieren.

Erst jetzt sieht die Managerin das schadenfrohe Grinsen der Kinder auf der Pressetribüne. »Auge um Auge, Zahn um Zahn!«, schallt es ihr durch den Lärm entgegen. Die Zuschauer schreien wild durcheinander und jeder will das schlappe Monster sehen.

Erst ein Fanfarenstoß bringt die Leute einigermaßen zur Ruhe. »Ladies and Gentlemen«, verschafft der Ansager sich Gehör, »bitte beruhigen Sie sich! Wir können uns dieses kleine Malheur auch nicht erklären! Ich versichere Ihnen, dass der Jogurt und der Energy-Drink vorhin noch zuckersüß geschmeckt haben!«

»Schöne Sponsoren habt ihr!«, lästert ein Zuschauer.

Langsam beruhigen sich wieder alle und der Ansager greift wieder zum Mikrofon: »Ladies and Gentlemen«, ruft er dem Publikum zu, »es ist so weit! Der Kampf kann beginnen ...«

Chip gewinnt den Kampf

Der Schiedsrichter klettert in den Ring und ermahnt die beiden Catcher sich an die wenigen Regeln zu halten. Der Gong zur ersten Runde ertönt. Die Kämpfer gehen aufeinander los und das Publikum beginnt zu grölen. »Gib's ihm, Johnny!«, feuert Markus den Catcher von Chicago an. »Wirf ihn aus dem Ring!«

Die Männer gehen wie kämpfende Büffel aufeinander los. Begleitet von den lautstarken Anfeuerungsrufen der Zuschauer versuchen sie den anderen von den Beinen zu holen. Das Monster bekommt einen Arm seines Widersachers zu fassen, wirbelt ihn so plötzlich herum, dass der Catcher von Chicago einen verzweifelten Schrei ausstößt und viele Fans schmerzhaft das Gesicht verziehen. Johnny geht in die Knie und krallt die freie Hand in das schwarze Trikot seines Gegners. Unter wildem Gebrüll befreit er sich aus der Umklammerung und läuft ein paar Schritte.

»Der Punkt geht an das Monster«, meint Markus wütend. Er wedelt mit den Armen und feuert den angeschlagenen Catcher von Chicago an.

Johnny schnauft tief durch und geht wie ein wütender Stier zum Angriff über. Er rammt seinen lockigen Kopf in den Bauch des Monsters und treibt es quer durch den Ring. Sein Widersacher prallt gegen die Seile und bekommt keine Luft mehr. Ihm

112

wird schwarz vor Augen. Kaum hat er die Augen wieder geöffnet, treffen ihn zwei schallende Ohrfeigen des Catchers aus Chicago und ihm bleibt nichts anderes übrig als in seine Ecke zu fliehen.

»Lass dir von dieser Witzfigur nicht die Schneid abkaufen!«, ruft Jessica ihm zu. »Greif ihn an! Leg ihn auf die Bretter, Monster!«

»Aber er ist mächtig stark«, sagt ihr Schützling kleinlaut.

»Denk an die Kohle, Monster!«

Das Monster aus Miami stellt sich einen großen Berg aus Geldscheinen vor und überlegt, wie viele Portionen Eis man damit kaufen kann. Sofort steigt sein Kampfesmut wieder. »Ruckuckuckuuuu!«, schreit er seinen Widersacher an. Er stapft wie ein Ungeheuer durch den Ring, packt den Catcher von Chicago an den Hüften und schleudert ihn wie einen nassen Sack auf die Bretter. Der Schmerzensschrei des armen Johnny dringt über den Schlosshof. »Hab ich dich, du halbe Portion!«, höhnt das Monster. »Wo hast du Catchen gelernt? Im Kindergarten? Wehr dich, du Memme!«

Nicki verzieht schmerzhaft das Gesicht. »Auweia«, stöhnt sie leise. »Das hat wehgetan! Meinst du, er kann noch weiterkämpfen?«

»Catcher sind hart im Nehmen«, erwidert Markus.

»Johnny gewinnt, ihr werdet sehen!«, ist Fabio sicher.

Aber im Augenblick sieht es gar nicht so aus. Kaum hat sich der Catcher von Chicago vom Boden hochgerappelt, ist das Monster schon wieder heran und holt ihn mit einem derben Fußtritt von den Beinen. Das Monster im schwarzen Trikot packt seinen

Gegner am Unterarm und schleudert ihn mit voller Wucht in die Seile. Die erste Runde geht eindeutig an das Monster.

Der Gong rettet den Catcher von Chicago vor einem weiteren Fußtritt. Angeschlagen zieht er sich in seine Ecke zurück. Er fällt auf den Hocker und lässt sich von Bogey mit einem feuchten Schwamm erfrischen. »Bleib dran«, ermutigt der Manager seinen Schützling, »lass dich von der Pfeife nicht zum Gespött machen! Mach es wie im Training! Puste ihn von den Brettern!«

»Ring frei zur zweiten Runde!«, tönt es aus dem Lautsprecher. Die beiden Catcher springen auf und jagen durch den Ring. Ihre prallen Bäuche stoßen klatschend gegeneinander. Von der Wucht des Aufpralls werden sie in die Seile zurückgeschleudert.

»Diesmal packst du ihn!«, ruft Markus hoffnungsvoll. Er hat sich an den Fernsehleuten vorbeigedrängelt und steht ganz vorn auf der Holztribüne. Auch Fabio und Nicki stehen in der ersten Reihe. Serkan hat nicht besonders viel für Catchen übrig und hält sich mehr im Hintergrund. Mandy löffelt einen Jogurt ohne Salz.

»Nimm ihn in die Mangel, Johnny!«, feuert Fabio den Catcher an.

Jetzt kommen die Catcher richtig in Fahrt. Johnny geht in die Hocke, umklammert die Knie des Monsters und schickt ihn klatschend auf die Bretter. Er zieht die Beine über den Kopf seines Gegners und lässt ihn einen Purzelbaum machen. Dann nimmt er Anlauf und springt mit voller Wucht auf den Hintern des Monsters. Der schwarze Catcher schreit auf und verzieht den Mund.

»Lass dir nichts gefallen, Monster!«, ruft Jessica.

Das Skelett kommt vom Boden hoch und blickt wütend in die Runde. Sein Mund öffnet sich zu einem bestialischen Schrei. Die Muskeln unter seinem schwarzen Trikot schwellen an und er springt wie ein fauchendes Ungeheuer durch die Luft. Er landet mit den Knien im Bauch seines Gegners und trampelt mit seinen Stiefeln auf den Zehen von Johnny herum.

»Auuuaaaaa!«, schreit der Catcher von Chicago.

»Hau ruck! Hau ruck!«, feuern einige Zuschauer das Monster an. »Hau ...«, wenn er hochspringt, und »... ruck!«, wenn er auf den Zehen landet.

»Lass dir nichts gefallen, Johnny!«, hält Markus dagegen!

»Gib ihm Saures!«, ruft Fabio.

Johnny hört seine jungen Freunde und geht zum Angriff über. Als das Monster hochspringt, tritt er einen Schritt zurück und jagt ihm einen Dampfhammer in den Bauch. Dem Skelett bleibt die Luft weg. Er kippt vor lauter Schreck nach vorn und läuft in einen wuchtigen Aufwärtshaken seines Gegners. Johnny packt ihn an den Armen und Beinen und dreht sich so lange im Kreis, bis ihm schwindlig wird. Erst dann lässt er das schreiende Monster los.

Wie eine Rakete schießt der schwarze Catcher durch den Ring. Er pfeift zwischen den Seilen hindurch, segelt über die Kampfrichter hinweg und landet in den Armen einiger Fans. Die reichen ihn postwendend nach vorn. Wie ein lebloses Bündel wandert er über die ausgestreckten Arme der Zuschauer in den Ring zurück. Dort taumelt er wie ein betrunkener Riese in seine Ecke. Er sinkt auf seinen Hocker und würde am liebsten aufgeben. »Ich kann nicht mehr«, seufzt er, »der Kerl hat mich platt gemacht!«

»Unsinn!«, widerspricht Jessica. »Wir kriegen ihn! Treib ihn in unsere Ecke, dann streu ich ihm ein Zaubermittel in die Augen!«

»Was für 'n Zaubermittel?«, fragt er einfältig.

Sie öffnet grinsend eine Hand und zeigt ihm das braune Pulver. »Ich hab noch was von dem Pfeffer übrig, den ich dem Kerl ins Blue Tiger geschüttet habe! Wenn er nichts mehr sehen kann, haust du ihn zu Boden, verstanden? Die dritte Runde gehört dir!«

Der Catcher von Chicago ahnt nichts von der Niedertracht der Managerin. Auch Bogey kann sich nicht vorstellen, dass man so unfair sein kann. »Das war riesig!«, lobt Bogey seinen Schützling. »Mach weiter so, dann gewinnst du den Titel!«

Der Gong ruft zur dritten Runde. Die Catcher stürmen in den Ring und der Kampf geht weiter. Der Schlosshof ist zu einem Tollhaus geworden. Die Fans brüllen aus Leibeskräften, schlagen Trommeln und pusten in Tröten und Trompeten. Schwarze und blaue Fahnen werden geschwenkt. Selbst der friedliebende Serkan lässt sich jetzt von der Stimmung anstecken und feuert den Catcher von Chicago ein. Dies ist die wichtigste Runde, das spüren auch die Zuschauer. Jetzt fällt die Entscheidung!

Johnny greift seinen Widersacher an den Schultern und wirbelt ihn wie einen Brummkreisel über den Boden. Er verliert das Gleichgewicht und landet in den Seilen. Das Publikum tobt vor Begeisterung. Benommen liegt das Monster aus Miami auf dem Rücken. Sein schwarzes Trikot ist verrutscht und die aufgemalten Knochen zeigen in alle Richtungen.

»Tu was, Monster! Wehr dich!«, ruft Jessica.

Aber das ist leichter gesagt als getan. Das Monster aus Miami weiß nicht mehr, wo links und rechts ist, und sieht nur noch bunte Kreise. Und die blauen Stiefel seines Gegners, die mit voller Wucht auf seinen Zehen landen. »Aaaah!«, schreit er in wilder Panik. Er stürmt vom Boden hoch und hangelt sich an den Seilen in seine Ecke. Der Catcher von Chicago bleibt ihm auf den Fersen. »Stell dich, elender Feigling!«, fordert er das Monster heraus.

Er folgt ihm in dessen Ecke und ist jetzt nur noch einen Schritt von Jessica entfernt. Darauf hat die Managerin gewartet. Sie schleudert dem Catcher von Chicago den Pfeffer ins Gesicht und wartet gespannt. Johnny greift sich schreiend an die Augen und taumelt hilflos durch den Ring. »Aaah! Ich kann nichts mehr sehen!«

Jessica sieht den Augenblick gekommen. »Schlag ihn, Monster! Gib ihm eins auf die Nase!«, feuert sie ihren Schützling an. »Jetzt ist er reif! Schick ihn auf die Bretter! Mach ihn fertig, Monster!«

Das Skelett schüttelt sich wie ein nasser Hund und geht mit einem urtümlichen Schrei zum Angriff über. Seine Fäuste bohren sich in den Bauch des Widersachers und schicken ihn quer durch den Ring. Der Catcher von Chicago hält immer noch die Hände vor seine entzündeten Augen und ist den Schlägen des Monsters hilflos ausgeliefert. Wie ein Sack fliegt er in die Seile.

»Pfui! Das ist unfair!«, schimpft Fabio.

»Jessica hat ihm Pfeffer in die Augen gestreut!«, tobt Markus. »Ich hab's gesehen! Der Kampf muss abgebrochen werden!«

Aber im Catchen sind fast alle Gemeinheiten erlaubt und die Kampfrichter kümmern sich nicht um den Protest der Kinder. »Weitermachen! Weitermachen!«, rufen sie in den Ring. Und Jessica triumphiert: »Jetzt hast du ihn, Monster! Schlag ihn zu Brei!«

»Jetzt kann ihn nur noch ein Wunder retten«, seufzt Serkan.

»Oder die coole Ratte«, erwidert Nicki verzweifelt, »möchte wissen, wo sie wieder steckt! Bestimmt auf der *MS Hibiscus!* Lutscht ein Vanilleeis mit leckerer Schokolade und heißen Kirschen, während unser Freund von dieser gemeinen Lady reingelegt wird!«

»Von wegen, Schwester!«, kommt die meckernde Stimme aus dem Lautsprecher. »Ich hab die Nase voll von der hohen See! Stell dir vor, wir sind auf ein Riff gelaufen! Ich konnte mich gerade noch abseilen, bevor der Pott im Ozean versank! Zum Glück konnten sich alle Passagiere retten! Aber der Dampfer ist hin!«

»Chip! Das ist Chip!«, jubelt das Mädchen.

Die Zuschauer sind platt und denken an einen gelungenen Schachzug von Bogey, als die coole Ratte im Lautsprecher über dem Ring auftaucht und den Catcher von Chicago zum Sieg führt. »Duck dich!«, warnt sie, als das Monster mit den Fäusten ausholt, und »Spring zur Seite!« ruft sie, als der schwarze Catcher nach vor prescht. »Und jetzt schlag zu! Der Dödel steht rechts neben dir! Hau ruck! Hau ruck! Jag ihn aus dem Ring, Johnny!«

Johnny wendet sich blitzschnell nach rechts und haut mit voller Kraft zu. Das Monster aus Miami hat nicht mehr mit Gegenwehr gerechnet und ist so überrascht, dass es voll in den Schlag läuft. Wie von der Faust eines Riesen gefällt sinkt er auf die Bretter.

»Gewonnen! Gewonnen!«, jubelt Bogey.

»Sieger durch K. o.: der Catcher von Chicago!«, verkündet der Ansager und das Publikum johlt vor Begeisterung. Die Fanfare der World Wrestling League erklingt, als der Präsident der Vereinigung den Pokal und den knallroten Gürtel überreicht. Und das viele Geld, mit dem Johnny endlich die Krankenhausrechnung seiner Mutter bezahlen kann. Er spült seine entzündeten Augen mit kaltem Wasser und ruft »Danke! Danke!« ins Publikum.

Jessica und das Monster aus Miami stehlen sich klammheimlich davon und verschwinden im Hotel.

»Jetzt müssen wir wieder von vorn anfangen!«, jammert die Managerin. »Alles wegen dir!«

»Ich hab die Nase voll! Ich hör auf!«, beschließt der Catcher.

Die Schlosskinder laufen in den Ring und umarmen den siegreichen Helden. »Hoch lebe der Catcher von Chicago!«, kommt es aus dem Lautsprecher. »Hoch lebe der Weltmeister im Catchen!«

»Und was ist mit mir?«, meldet sich eine quäkende Stimme. »Ich bin Chip, die stärkste Ratte der Welt, und wer mit mir in den Ring steigen will, soll sich melden! He, Johnny! Hast du vielleicht Angst vor mir? Ich schlag die coolste Rechte des Universums ...«

Weitere Abenteuer
mit Chip und dem »Coole Ratte«-Team

UEBERREUTER